AS COISAS

TOBIAS CARVALHO

AS COISAS

4ª edição

EDITORA RECORD
RIO DE JANEIRO • SÃO PAULO
2021

CIP-BRASIL. CATALOGAÇÃO NA PUBLICAÇÃO
SINDICATO NACIONAL DOS EDITORES DE LIVROS, RJ

C329c
4ª ed.

Carvalho, Tobias
As coisas / Tobias Carvalho. – 4ª ed. – Rio de Janeiro: Record, 2021.

ISBN 978-85-01-11563-8

1. Contos brasileiros. I. Título.

18-51206

CDD: 869.3
CDU: 82-34(81)

Meri Gleice Rodrigues de Souza – Bibliotecária – CRB-7/6439

Copyright © Tobias Carvalho, 2018

Todos os direitos reservados. Proibida a reprodução, armazenamento ou transmissão de partes deste livro, através de quaisquer meios, sem prévia autorização por escrito.

Texto revisado segundo o novo Acordo Ortográfico da Língua Portuguesa.

Direitos exclusivos desta edição reservados pela
EDITORA RECORD LTDA.
Rua Argentina, 171 – Rio de Janeiro, RJ – 20921-380 – Tel.: (21) 2585-2000.

Impresso no Brasil

ISBN 978-85-01-11563-8

Seja um leitor preferencial Record.
Cadastre-se em www.record.com.br e receba informações sobre nossos lançamentos e nossas promoções.

EDITORA AFILIADA

Atendimento e venda direta ao leitor:
sac@record.com.br

"Eu não sei dizer
nada por dizer
então eu escuto."

Fala, Secos & Molhados

coi·sa

s.f. (latim *causa*, -ae, causa, razão)

1. Objeto ou ser inanimado.
2. O que existe ou pode existir.
3. Negócio, fato.
4. Acontecimento.
5. Mistério.
6. Causa.
7. Espécie.
8. Qualquer objeto que não se quer ou não se consegue nomear.
9. Órgão sexual masculino.

Dicionário Priberam da Língua Portuguesa

Sumário

Como bons amigos	9
Arrebol	13
24	19
Alguma coisa tem que clicar	25
Se me coubesse ficaria	31
Rodrigo no terraço	39
Maldito	43
O pai	51
Cantiga de roda	57
As coisas que a gente faz pra gozar	65
Fogo	75
Unfucktheworld	81
Água	85
Um não esquece o outro	89

Sauna nº 3	95
Jung	101
99	105
Cassino Royale	109
O breu	113
Guion	117
Elza	125
The Biggest Lie	131
A razão pela qual eu nasci	137

Como bons amigos

Perguntei se ele queria uma bermuda emprestada e, quando fui buscar, ele já tinha se atirado na piscina pelado. Me senti estranho, mas pulei na piscina mesmo assim, usando um calção. Enquanto ele flutuava no mesmo lugar e falava sobre algo que não conseguia prender minha atenção, eu via seu corpo balançar dentro d'água. Estávamos tremendo de frio mergulhados no calor da noite de verão. Logo que me acostumei à água, ele propôs que buscássemos mais cerveja. Foi andando nu pela casa. Eu estava de toalha. Quis sentar-se na sala com as luzes apagadas, mas achei melhor deixar ao menos um abajur aceso.

Ele disse que se sentia bem de estar assim, pelado e com alguém em quem confiava, e eu disse que o pudor era uma mentira inventada, que eu já havia corrido sem roupa com amigos na praia, que pra mim não tinha problema.
E comecei a imaginar.
Porque sim, ele era meu amigo, e um dos melhores desde sempre. Mas já havia muito namorava, não ia querer nada comigo. Amigos, amigos mesmo.
Eu não desejava desejar o corpo dele.
Éramos só nós dois em casa tomando cerveja, meus pais viajando, Arnaldo Baptista tocando.
Ele sugeriu um banho quente.
Fomos ao meu quarto, ele pelado e eu com vergonha. Levei ele pro banheiro e liguei o chuveiro. Saí do banheiro, sentei na minha cama e esperei. Vi meu amigo me olhando pelo vidro do box. Pouco tempo depois, me chamou. Disse Vem, tem que ser juntos, e fui.
Ele tinha pelos por todo o peito.
Nos ensaboamos, cada um em um canto do box, até que ele me abraçou, dizendo que era em nome da nossa amizade. Senti nossos corpos colados, o mais caloroso dos verões.
Saí do abraço e perguntei se ele queria xampu.
Ele perguntou se aquilo ficava entre nós.
Eu disse que sim. Era um banho, afinal.
Ele me abraçou de novo.
Dessa vez esfregou o corpo no meu. O sexo no meu.

Ele disse Vamos transar que nem bons amigos?, e eu pedi pra ele repetir e pedi de novo. Perguntei se ele estava louco. Ele disse Não tem problema, eu já traí antes. Mas e nós dois?, eu disse. Imaginava que numa situação dessas eu prezaria pela amizade. A amizade. Beijei ele e vi indecisão no seu rosto. Deixei a água escorrer. Ele, cada vez mais excitado, passou a língua pelo meu corpo. Eu, já não mais fingindo que me importava, lambi de volta. Ficamos nisso por algum tempo, até que ele pediu pra parar.

Não sei se quero fazer isso, ele disse. Não me sinto bem fazendo isso.

E paramos.

Arrebol

Não havia tanta louça. Tinha sujado duas panelas pra fazer massa com molho branco, mais os pratos, talheres e copos. O molho havia endurecido de um dia pro outro, um pouco estava grudado no fogão. Resolveu passar os dedos no fundo da panela debaixo da torneira pra não sujar a esponja. Odiava que a esponja ficasse gosmenta na hora de lavar os pratos quase limpos; odiava também o resto de massa que ficava presa no protetor do ralo, mole, aguada. Seu desgosto era acentuado pela dor de cabeça, que diminuía sua vontade de lavar a louça, de ouvir a água correndo e os pratos batendo dentro da pia. Estava sozinho em casa. O outro menino havia ido embora pelo meio-dia, e ele só se levantou às duas. Durante boa parte da manhã, se revirou na cama, com frio, tentando reunir partes do lençol pra se tapar mais. O controle do ar--condicionado não estava à vista. Suspeitava que estivesse programado pra chegar a dezessete graus. Não viu quando o guri foi embora, e portanto não pôde pedir que ele desligasse o ar. Se revirou na cama e sentiu as amígdalas incharem aos poucos, mas só teve forças pra levantar duas horas depois. Abriu as persianas, tomou uma Neosaldina com água, lavou toda a louça, e se deitou de novo. Tentou ouvir música, mas ficou tonto. Viu na mesa de cabeceira o calhamaço que há semanas tentava ler, mas não conseguia vencer mais que quinze páginas por vez. Sua pilha de livros só aumentava, e ele nunca conseguia achar o tempo. Seria mais um ano assim.

Tomou um banho frio. O chuveiro estava queimado. Dentro de casa, não sabia pra onde ir. Havia só o quarto, a cama, os armários e uma escrivaninha; a cozinha e o banheiro. Mal chegava em casa, tinha vontade de sair. A vista o havia seduzido na hora de alugar o apartamento; era uma parte da Tomaz Flores densamente arborizada, e, do segundo andar, as árvores cobriam a vista, batendo no vidro gentilmente quando ventava. Depois de tanto tempo morando naquele lugar, tinha saudade da iluminação do sol. Não parecia importante, frente à calma que aquelas árvores traziam. Mas valorizava já outras coisas que não a calma.

De não querer ficar sozinho, poucas horas depois de estar com alguém, ligou pra avó.

"Pode vir sim, querido. Só não vou ter o que te dar de comer. Não tive tempo de ir à feira hoje. Estourou um cano e estão até agora consertando."

Disse que já tinha almoçado, o que era mentira, mas poderia comer algo no caminho.

Trancou a porta e a grade do apartamento. Desceu as escadas ecoando o cleque dos chinelos que batiam no piso de pedra e na sola do pé. No jardim, a síndica molhava as plantas.

"Bom dia, dona Jade."

"Boa tarde."

"Isso, boa tarde."

"Preciso te lembrar que tu tem que pagar o aluguel. Já era pra ter pago. Até o fim da semana tu consegue?"

Não havia censura na expressão da síndica. Seu olhar era neutro, sonolento.

"Sim. Dou um jeito."

A síndica voltou às plantas.

Fora do portão do prédio, pôde prestar atenção na temperatura, que era alta mesmo debaixo das árvores. Estava resfriado.

Sentiu o asfalto ferver sob os pés quando chegou na Vasco da Gama. Usou a caminhada pra não pensar, nem na noite anterior, nem no aluguel, nem no sol que queimava sua cabeça. Dobrou na Fernandes Vieira, passou a Independência e parou em uma mercearia na Pinheiro Machado. Comprou um chocolate e comeu no caminho.

Andou até a Gonçalo de Carvalho, e não precisou esperar pra que o porteiro o reconhecesse. Subiu ao último andar e descobriu a porta do apartamento aberta.

"Vó?"

Entrou pela sala e foi em direção à cozinha, de onde ouviu um ruído. Era o homem que consertava o encanamento, deitado debaixo da pia. Despercebido, passou pro corredor.

Sua avó estava no quarto, deitada na cama, com o jornal e uma caneta na mão.

"O diretor polaco-francês Polanski. Duas sílabas."

"Roman. Tudo bem contigo, vó?"

"Tudo indo. Sempre com mil coisas pra fazer. Agora me veio essa. Cano estourado. Só estresse."

"Um saco mesmo."

"Mas não vou te chatear com história de velhinha. Quero saber como anda o mestrado."

"Acho que bem."

"Acha?"

"É pra eu terminar no fim do ano."

"Tipo de abelha muito comum no sudeste brasileiro. Quatro sílabas."

"Aí vou ficar te devendo."

"Difícil mesmo. Mas falando em devendo, tu não tá devendo pra proprietária do apartamento?"

"Sim, vó. Ia te pedir, na verdade. Não sei se vou conseguir dar conta."

"Não tem problema, querido. Amanhã te transfiro."
Não conseguiu agradecer.
"Tu ainda não desistiu de morar naquela caixa de fósforos?"
"Ainda não."
"Tinha que ter uma namorada pra te fazer companhia. E ainda de quebra te ajudava com as tarefas da casa."
Pensou no molho branco preso ao fundo da panela e no esperma seco no chão do boxe.
"O que me incomoda mais é que não tem sol."
"Ué, não tem?"
"As árvores tapam tudo."
"Por isso que eu moro na cobertura, meu filho. Minha rua é cheia de árvores, eu posso ver tudo de cima. Um mar verde quando olho pra baixo, as nuvens manchadas de laranja quando o sol se põe. Arrebol."
"O quê?"
"Arrebol, é como se chama."
"Mas eram quatro sílabas."
"Não estou mais falando da abelha, querido. Só queria te ver bem. Em um lugar em que tu pudesse ver o sol. Dá pra encontrar um apartamento melhor."
"Por enquanto tá bem assim, vó."

Antes de ir embora, foi ver se não tinha nada na geladeira que pudesse levar. O encanador continuava consertando o cano. Usava um macacão azul-escuro, camiseta regata e chinelos.

O encanador tirou a cabeça de debaixo do balcão e disse, "Boa tarde". Deveria ter uns vinte e cinco anos, talvez menos. Tinha a pele bronzeada e um rosto que ainda não tinha se decidido entre adulto e guri.

Não deu nenhuma resposta a não ser um olhar fixo, despreparado, como que acometido por lembranças em turbilhão, fantasmas, paredes de som tecidas por violinos, a afinação fora do ideal, ainda que só um pouco, mal se percebia, só tendo um bom ouvido.

O encanador fez que sim com a cabeça, como quem cumprimenta, tentando acabar com a interação. Quando viu a mesma reação de antes, o olhar fixo, a tensão inescapável, as sobrancelhas do encanador se uniram, as bochechas se deslocaram pra cima.

"Vai-te daqui, meu."

Horas depois, em casa, ficou a noite sem dormir. Primeiro, por causa do ar-condicionado, que mantinha ligado, apesar do nariz entupido, porque a noite era quente demais; segundo, por causa do encanador; e terceiro, porque se lembrou de um colega com quem tinha ficado sozinho na sala de aula, uma vez, com quatro anos de idade, quando tinham os dois chegado atrasados e perdido um passeio de turma, e com quem tinha brincado a manhã inteira, descobrindo uma amizade até então inédita, pra só então escutar, no fim da manhã, enquanto os outros colegas chegavam, "Não fala pros outros guris que a gente é amigo".

24

Fomos pra festa e pedimos vodca com energético. O lugar cheirava a álcool e abafamento. Quando fomos dançar, o escuro e a música alta me deixaram alheio, como se eu estivesse ali sozinho, ninguém me vendo ou ouvindo. Ele às vezes me beijava, e sorria pra mim um sorriso que estava pronto pra mandar embora tudo de ruim aqui dentro, mas eu não conseguia ser muito convincente quando tentava sorrir de volta. Não sei se ele notou. Fomos pro meu apartamento umas quatro horas da manhã, conversando e rindo no caminho. Fiz ovos. Eu estava com fome, e é o que eu sei fazer, ovos. Ele estava na transição pro veganismo, mas quando chegou na cozinha — só de cueca e ainda bêbado —, comeu.

Depois que estávamos no quarto, pelados e com várias partes do corpo beijadas, ficamos na inércia de estar prestes a transar, mas sem saber exatamente o que fazer. Passávamos as mãos. Ele me tocava com movimentos bruscos. Me machucava, tentando me acariciar. Parecia nervoso. Eu disse que ele não se preocupasse. Pediu desculpas. Ficou, depois disso, incapaz de ficar completamente excitado, disse que achava melhor a gente só dormir. Eu disse que tudo bem, que também tinha sono. No dia seguinte, acordei antes dele e tomei café. Quando acordou, não ofereci nada pra comer nem puxei conversa. Ele logo foi embora. Talvez tenha sentido que a presença dele não era tão desejada. Ou achou que algo ali não cabia.

Peguei meu celular logo depois que fechei a porta. Havia mensagens de outro guri, um publicitário um pouco mais velho que estava no começo de carreira, mas já bem de vida. Havíamos deixado combinado de ir ao cinema naquele fim de semana. Eu estava cansado, mas pensei que seria melhor não deixar pra depois.

(O primeiro encontro com esse publicitário havia sido morno. Ele estava nervoso, apesar do chope, e eu fui responsável pela condução da conversa. Na segunda vez, ele estava mais solto. Pode ser que porque tomamos mais chope ainda. Fomos pra um motel depois. Não foi muito bom.)

Me pegou em casa. No caminho até o cinema, tivemos uma conversa genérica. Mais ou menos como havia sido nas outras vezes. O filme era de super-herói. Eu, que raramente durmo no cinema, me esforcei pra não cochilar nas cenas de ação.

Nos beijamos no fim do filme. Aproveitei que esse seria nosso último encontro e pedi uma carona. Eu tinha que ir até uma livraria no centro da cidade pra me encontrar com o dono.

Eu havia ido até lá alguns dias antes. Estava passeando pela rua, e essa livraria me encontrou. Era pequena e tinha cheiro de livros.

O livreiro tinha o cabelo encaracolado e os olhos negros. Conversamos sobre literatura porto-alegrense, ele falou sobre o que estava lendo (Houellebecq), eu falei sobre o que estava lendo (Genet), e acabou que gostei dele. Fui embora e acabei não perguntando o nome.

Encontrei a página da livraria no Facebook, e a partir daí não foi difícil achar o perfil. Mandei uma mensagem dizendo me desculpa te adicionar, mas te achei bonito/querido/inteligente, ao que ele respondeu imagina, não tem problema, também te achei bonito/querido/inteligente, mas achei melhor não fazer nada pra que não parecesse antiprofissional. Me convidou pra um sarau que ele estava organizando.

Quando cheguei lá, não havia mais que dez pessoas. Ele me deu um beijo na bochecha e disse que bom que tu veio, mas logo começou a conversar com outras pessoas e trocar cadeiras de lugar. Eu não conhecia ninguém e continuava com sono, sem saber o que fazer com as mãos. Antes que o sarau começasse, gastei os minutos folheando livros.

O único contato que tive depois disso com o dono da livraria foi no meio do sarau, enquanto a autora convidada lia trechos de um livro. Ele me olhou fixo por detrás do balcão, eu olhei fixo de volta, ele sorriu, eu sorri. Fui embora logo antes do final das leituras, pra não ter que me despedir.

Passei a noite em casa falando com caras no Grindr. O brilho do celular e a vontade de falar com gente, de pedir e mandar fotos, isso me deixou desperto. Enquanto a noite ia passando e eu não conseguia ninguém que quisesse transar, passei a mandar fotos minhas como saudação. Às cinco horas, um cara topou me ver.

Perguntou se eu gostava de sexo a três, me mandou uma foto dele e de um amigo. Ele era moreno, baixo e musculoso; o amigo era alto, de olhos azuis. Botei uma bermuda sem nada por baixo, camiseta e tênis. Chamei um Uber. Cheguei em um prédio simples com a grade enferrujada. O moreno estava me esperando no térreo. Me cumprimentou com um beijo na bochecha e me levou pelas escadas em espiral até o apartamento, que parecia grande demais pra ele, ainda que modesto, sujo. Na cama, me esperavam não um, mas outros dois caras. O amigo que ele havia me mostrado na foto — era mais bonito do que eu esperava, tinha bastante gordura no abdômen — e um outro, que era gordo em todo o corpo e tinha o cabelo alisado. Os dois cheiravam cocaína de um prato de vidro marrom.

Me ofereceram, mas recusei. O moreno tirou minha roupa e me apresentou aos outros. Desceu pra abrir a porta pra mais um. O mais um era um peruano, com quem tentaram falar em um espanhol ruim, apesar de ele mesmo falar português. Ficou alguns minutos e pediu pra ir embora.

Eu não. Beijei todos eles, chupei todos também, e descobri que a cocaína havia feito com que eles perdessem o tesão. Comi os três, mesmo que, com vontade, só o mais alto, o de olhos azuis, que disse que nunca tinha dado pra ninguém. Pareceu ter gostado. Durante alguns momentos, quando as nossas respirações sincronizavam, pensei ter tido com ele um momento de verdadeira ternura, o que com os outros dois foi só silêncio, na minha cabeça.

Depois que gozei, fomos os quatro pra uma sacada respirar o ar fresco da manhã que nascia. Descobri que o moreno e o gordo eram cabeleireiros. O alto era mecânico.

Pelas sete horas, pedi um Uber pra casa e dormi o dia inteiro. De noite, falei com um contato antigo no WhatsApp, um homem de quarenta anos que já tinha me levado a um motel. Pedi pra ele me levar de novo, o que ele fez com prazer. Me levou, pagou tudo e depois me trouxe de volta pra casa.

Alguma coisa tem que clicar

Eu podia sentir o cheiro de álcool e cloro se misturando ao ar frio da noite, meus olhos já pedindo trégua. Do lado de fora do pátio, havia vários grupos de pessoas conversando, com latas de cerveja e copos de plástico na mão. Algumas delas berravam ou riam alto. Eu estava sentado na escada de pedra que dava pra piscina. De vez em quando, sentia algum respingo de água nas minhas costas, quando alguém dava um mergulho.

— André, o que tu tá fazendo aí? — veio a pergunta de trás de mim.

Era o Yuri, colega de faculdade.

Não gostava dele. Hiperativo, comunista e atlético: minha combinação menos favorita.

— Descansando, só.
— Tá gostando da festa?
Veio sentar do meu lado. Tirei minha lata de Budweiser da escada e dei espaço pra ele.
— Como tu foi na prova de linguística no fim?
— Tirei nove — eu disse.
— Nove? Meu deus, cara. Eu estudei a porra do fim de semana inteiro e tirei seis. Como tu faz isso, André?
— Isso o quê?
— Isso. Tu é um cara que lê um monte fora da faculdade, ouve música, sabe tudo de cinema.
— Não é tanto assim.
— Não é? É sim, cara. Aquele filme de oito horas que saiu ano passado, te ouvi comentando com o Hugo sobre. Tu viu um filme de oito horas, cara. Como tu faz pra arranjar tempo?
— Não sei.
Os olhos dele estavam em outro lugar:
— Eu acho isso muito legal em ti.
— O quê?
— Às vezes eu sinto que não aproveito. A gente passa um tempo gigantesco da nossa vida fazendo coisas em função da faculdade. Eu queria mais tempo pra mim, sabe? Ler o que eu quisesse. Transar. Queria poder viajar quando desse na telha. Imagina poder ir pro Uruguai um dia desses, só porque deu vontade. Mas não dá, é tudo estudos.
É mesmo, Yuri.

— Eu sinto que nos falta vida, sabe? O meu vô tava me contando um dia desses que, na época dele, as pessoas curtiam bem mais as coisas. Ele foi pro Exército. Teve que entrar no lago em frio de cinco graus. — Tirou um maço de cigarros do bolso. — Meu avô teve que ficar pelado com os outros caras do pelotão pra se aquecer, cara. Isso é que é viver, sabe? O que a gente entende de viver hoje em dia? Esse pessoal aí — apontou com o cigarro — não sabe nada de viver.

Alguém de dentro da piscina chamou pelo Yuri.

— Já vou — ele disse, e se virou pra mim. — Parece que a gente não sabe de nada. Acho que o bom disso de Segunda Guerra é que as pessoas viveram. Tu não acha?

Tomei um gole de cerveja.

— Quem ia pra guerra sentia frio. Sentia medo, dor. Era torturado. Às vezes sentia alegrias extremas, como nenhum de nós dois jamais vai sentir. Já imaginou sentir uma alegria extrema, André? Sair ileso de uma guerra. Talvez matar um inimigo que vinha na tua direção. Garanto que tu nunca sentiu nada assim.

— Não senti mesmo.

— Pois é, aí é que eu falo. Tudo pra gente é pronto, percebe? Tu assiste a vários filmes sobre depressão, mas nunca sentiu depressão. Acho que a gente deveria sentir mais depressão.

Fui tomar mais um gole. Não havia sobrado nada.

— É tudo enlatado, tudo pronto.

— Yuri, vou pegar mais cerveja.
— Não, calma, só vamos terminar.
Continuou:
— A gente fica o tempo inteiro sozinho nas nossas casas, consumindo as mesmas coisas em lugares diferentes. Aposto que hoje tu vai chegar em casa e escutar um disco do Lupe. É ou não é?
Continuei olhando pra ele.
— Então. Aquilo é uma depressão muito vendável, André. É consumo rápido. Quando é que tu vai pra guerra? Quando tu vai viver um amor como se não houvesse mais ninguém no mundo? Jovem só quer saber de transar, tu não acha?
Minha boca estava seca.
— Acho.
— Semestre passado eu tava transando com aquela Larissa, lembra dela? Eu trouxe ela pra algumas festas. Era bem querida, até. As nossas conversas eram legais. Mas o que mais nos fazia estar juntos era o sexo. A guria transava que nem uma máquina, meu. Sinceramente, quando a gente tava junto, a gente transava a noite inteira. Eu chegava a gozar umas três, quatro vezes. Sabe o que é gozar quatro vezes, cara? Eu ficava exausto no dia seguinte. Meu quarto ficava uma bagunça. A gente transava na cama, na maioria das vezes, mas eventualmente era na cômoda, no chão. Outras vezes era na cozinha, na sacada. E a gente sempre gozava. Tu sabe o que é isso?

— Não.

— Não sabe. Mas o fato é que toda essa energia não tinha uma razão de ser. Por mais que o sexo fosse ótimo, nunca consegui sentir nada por ela. A guria mais gostosa que eu já conheci, inteligente ainda. Tentei e tentei de novo gostar dela, mas não consegui. O que será que acontece? Alguma coisa tem que clicar pra que as pessoas se gostem. Tu não sente isso?

— Sinto.

— Que mistério, a vida. Tem vezes que a gente investe um monte de tempo em uma coisa e ela não dá em nada.

Ele havia terminado o cigarro e preparava outro.

— Yuri, vou ali pegar a cerveja e já volto.

— Tu ainda é apaixonado pelo Hugo?

— Como?

Yuri deu uma tragada longa.

— É só uma pergunta — disse, olhando pro céu.

— Olha, Yuri, acho que isso não te diz respeito.

Ele se levantou.

— Eu sei que não. Tu responde se quiser. É só que me desperta curiosidade. Acho nobre que alguém possa manter uma paixão por tanto tempo. A primeira vez que escutei esse boato já deve fazer um ano, e naquela época a notícia já era velha.

Esperei ele terminar.

— Me admira. Tu já se declarou pelo Hugo, pediu de todos os jeitos pra que ele ficasse contigo, passou por idiota na frente de todo mundo, e ele te disse não. Óbvio, ele tá com o Rodrigo. Mesmo assim, tu ainda gosta do cara. Acho isso muito nobre. Tu sabe que ele nunca vai querer nada contigo e mesmo assim continua tentando. Não consegui pensar em nada pra dizer.

— Cara, eu sei o que é sofrer de amor. Dói muito, eu sei. Ouvi dizer que tu ainda gosta dele depois de todo esse tempo. Fiquei preocupado, por isso que vim conversar contigo. Eu sei que dói muito, mas tem outros guris bem mais legais e bonitos que o Hugo por aí. Tu sabia que o namorado dele enlouqueceu? Ouvi dizer que sobe no terraço do prédio onde eles moram e dorme lá. Totalmente pirado. Poderia ser tu, meu. Eu sei que tu é um cara inteligente, diferenciado. Tu vai achar o amor verdadeiro uma hora ou outra, isso eu te garanto. Na verdade, acho que o amor verdadeiro é que te encontra. Todo o resto é bobagem. Tudo isso, sabe? Guerra, a Faculdade de Letras, as festas, o pessoal na piscina. Tudo isso é minúsculo. A gente é mais, cara.

E me deu um abraço.

— Não sei o que te dizer, Yuri. Obrigado. Vou ali pegar a cerveja.

Saí dos braços dele e andei em direção ao salão. Um pouco tonto, passei pelas pessoas e abri a geladeira. As latas de cerveja haviam acabado.

Se me coubesse ficaria

                                como assim, hugo?
                                      isso é sério?

tá olha só
eu tô quase vomitando
acabei de ter uma conversa bizarríssima com o rodrigo
em que a gente discutiu
como a nossa amizade tava sendo
pq a gente se fala todos os dias faz um tempo
e fazia de conta que era um casal

                                               um casal?
                                       tu e o rodrigo?

sim
acabou que a gente chegou na pergunta básica né
andré, só tu sabe
só tu
por enquanto
eu sinceramente não sei se vou conseguir
conviver com isso
mas não dava pra fingir que isso não existia
pro resto da vida
claro que a letras é um ambiente onde é fácil
e tive um momento de coragem agora
mas não sei oq fazer da vida
essa conversa com o rodrigo foi horrível
só sei q alguém sabe
e isso é um alívio gigante
por enquanto só tu
mas já é um começo

                          bah hugo
                          que loucura
          o que exatamente foi essa conversa?

eu e ele fazemos de conta que somos um casal
há tempos

                                ????
                    o que isso quer dizer?

tu sabe como o rodrigo é
retardado, faz piada com tudo
a gente se fala fingindo que é um casal de ricos
começou uma brincadeira idiota
ele mandava mensagem puto
que eu tinha esquecido de pegar as crianças na escola
que ia cortar meu cartão de crédito
cancelar as férias na disney
só que ele não sabe a hora de parar
a gente fala desse jeito o tempo inteiro
foi passando dos limites
a gente passou a fazer skype diariamente
às vezes ele me liga tbm
e ficou claro pra mim
que eu tinha uma atração por ele

                                                          tu gosta dele?

não sei mesmo
tipo
sim
mas ignoro isso faz tempo
ele é meu amigo
sla ele tomou a iniciativa de fazer esse showzinho
e eu fui na brincadeira dele
a gente até mandava beijo por skype

gnt, que história

psé
até que hoje
a gente conversou sobre oq tava acontecendo

                              pera
                         mas e hugo
                        como é isso?
                    tu sempre soube?

não sei
nunca discuti a ideia com ninguém
mas sou um ótimo ator kkk
e isso atrapalha mt
pq eu fico me convencendo de que não sou
mesmo vendo pornô gay e td

            tu tá pensando em falar pra mais gente?

eu sla
não sei de nada agora
é uma coisa surreal ainda na minha cabeça
eu não me vejo como gay
não me encaixo
normalmente as pessoas mudam um pouco
dps que se assumem
tu não acha?

34

                                        não
            acho que elas podem ser quem querem
                          de um jeito mais livre

ia ser estranho todo mundo saber agora

                                                pq?

todo mundo me conhece hétero
eu falo de gurias com os guris
agora eu vou chegar do nada
e dizer que eu sou gay?

                              eles vão entender, hugo
                                          obv que vão

o rodrigo não sabe
eu neguei pra ele

                                          como assim
                                    o rodrigo não sabe

eu perguntei pra ele
depois de uma hora
a nossa brincadeirinha tava tão estranha
que eu tive que perguntar
ele disse que não tinha atração por guris

e que inclusive tinha aversão
daí eu acabei dizendo que não tinha atração tb
mas que só testando pra saber
é estranho, pq eu fui vivendo tudo
sem conseguir discernir as coisas
pra mim parece mt que a gente tá num namoro

bah hugo
ele tá negando, é obv
nem sei direito oq dizer
é uma história fudida

nem me fala
ele nunca vai conseguir suportar
a vergonha de estar apaixonado por um guri
tanto que agora a gente decidiu parar com isso
não tem mais como continuar
mas tá sendo agoniante pra mim
to gostando cada vez mais dele

foi há pouco essa conversa?

foi
quando chegou a esse ponto
eu realmente comecei a pensar
que não tem como esconder pra sempre
fazer de conta que não

e o engraçado é que
era sempre ele que dava o passo à frente
tipo começar a mandar beijo
chamar de amor
nossa kk eu nem consigo ler oq tô escrevendo

                                    relaxa, huguin
             tu acha que ia conseguir esconder isso pra smp?
                      a vida é melhor sem se esconder

eu to cada vez mais convencido disso
mas sla
não sei bem se quero ficar com mais caras
ou se só com o rodrigo
nunca fiquei com caras
gosto até de ficar com meninas
quer dizer, pelo menos não não gosto
não é que me excito
mas pra mim é indiferente
complicado
por mais tranquilo que seja na letras
eu ia ter muita vergonha
muitos anos de sexualidade
pra ter que falar outra coisa agora

                                           que besteira
                             os outros que se acostumem

eu sempre escondi, andré

                                              e mesmo assim
                                     tu falou pra alguém
                                    tá discutindo o assunto

verdade

                                                      que bom

é, eu acho

                                     e por que pra mim?

porque eu sinto q nossa amizade vem crescendo
pq eu sei que tu é bem resolvido
e sla
pq eu confio em ti

                                                      que bom

Rodrigo no terraço

Ainda não estou conseguindo entender. Meu dia estava normal. Acordei cedo, virei meu café com leite, o Rodrigo já estava lendo o jornal e me deu um bom-dia carinhoso, pediu pra eu não esquecer de levar as crianças no colégio. Saí rápido, não me atrasei pra aula. À tarde, no trabalho, a Soraia até me elogiou, disse que eu passava uma energia boa pros clientes. Achei que poderia inclusive rolar um aumento, que seria bem-vindo. Fiz uma moça comprar vários livros que indiquei. Vim pra casa e abri uma cerveja. Botei meus fones e estava tranquilo no sofá quando chegou o Rodrigo. Passou reto por mim, nem deu boa noite, não abriu a cerveja dele. Foi pro nosso quarto e fechou a porta.

Depois de uma meia hora, fui ver o que tinha acontecido.

"Tá tudo bem?"

Ele não respondeu. Estava sentado na cama olhando fixo pra parede, as mãos nas coxas.

"Rodrigo?"

Ele olhou pra mim e mais uma vez não disse nada.

"Aconteceu alguma coisa?"

Ele se levantou e começou a tirar minha roupa. Sem me beijar, sem falar comigo, tirou toda a minha roupa.

"Era só isso? Tu tava a fim de transar?"

Mas ele nem me ouvia. Olhava pra mim totalmente alheio. Não lembro de ele ter feito nada parecido antes. Chegar cansado é normal. Falar pouco, estar de mau humor. Mas nessas horas é raro ele querer transar.

Em um segundo, tirou a roupa também, e resolvi me entregar.

Ele não me beijou nenhuma vez. Não aconteceu nada perto de uma preliminar. Ele estava sedento, suado, com um ar quase furioso, e eu não sabia por quê.

Foi uma meteção mecânica. Ele começou com raiva, e aos poucos foi ficando com tesão. Mas o jeito que mostrou isso foi gritando. Gritou alto. Às onze da noite, deve ter acordado vários vizinhos. Os berros não eram nada parecido com alguém que fazia sexo. Parecia vidro se estilhaçando. Parecia um cão desesperado por comida, gritando até o vidro se estilhaçar.

Assustado, pedi pra ele parar. Mas ele não me ouvia. Me segurava forte. Os olhos dele estavam virados pra cima, todo brancos. Me fudia mais rápido e me agarrava mais firme, até o ponto em que começou a me arranhar. Estava muito suado e descabelado quando terminou, respirando alto. Depois que gozou, se vestiu e saiu porta afora, talvez ainda em transe. Não sei onde vai dormir, se vai voltar, se amanhã ainda vai estar desse jeito. Penso em ligar pros meus pais, mas não quero arriscar: foi muito esforço pra me mudar com o Rodrigo. No meio da noite, ouço gritos que põem em marcha todo o desespero de dentro de mim, e um casal de vizinhos na janela comenta que os gritos vêm do terraço.

Maldito

Fui ao Mercado Público atrás de um pacote de velas brancas, dois bonecos de pano, doce de leite, algodão, um cordão vermelho, pólvora, um coração de boi e duas pombas cinza. Cinza, ela havia dito. De outra cor dava azar.

Procurei primeiro pelas coisas mais fáceis, as que não suscitariam perguntas. Havia uma loja de material religioso no Mercado onde pude conseguir vários itens. Pedi os bonecos, as velas e a pólvora, achando que os vendedores iam rir de mim. Estavam acostumados. Provavelmente não se importavam com o que eu ia comprar, desde que comprasse.

Do mesmo modo, o vendedor do açougue não achou estranho que eu estivesse pedindo um coração de boi. Nunca vi ninguém comer coração de boi. Não sei se é algo que se come ou se se usa exclusivamente pra fazer macumba, ou se se dá pros cachorros. No açougue, não fizeram perguntas. O senhor que me vendeu as pombas tampouco. Nunca imaginei que existia uma banca que vendia pombas, mas dizem que no Mercado se vende de tudo. A banca tinha pássaros do chão ao teto, presos em gaiolas, todos fazendo barulho ao mesmo tempo. Desde o momento em que entrei, quis ir embora. O senhor agarrou as pombas com as duas mãos, uma por vez, e pôs numa caixa de sapatos com furos pra que respirassem. Me cobrou cinquenta reais, o artigo mais caro que eu havia comprado no dia. Pensando bem, é possível que a captura delas tivesse dado trabalho. Eu não saberia o que fazer se tivesse que capturar pombas com as minhas próprias mãos.

Andei pelo Centro com a mochila cheia, a carne de coração embrulhada bem embaixo. O pacote com as pombas ia comigo na mão. Tive medo de que alguém pudesse notar que eu andava com dois pássaros vivos, mas ninguém sequer olhou pra mim. Depois de meia hora caminhando, cheguei à casa da senhora.

Essa senhora, que se cartomante ou cigana ou da umbanda não sei, havia me mandado comprar tudo isso no dia anterior. Alguns amigos meus iam até lá pra que ela lesse o futuro. Às sextas-feiras, atendia de graça.

A casa era minúscula. A única porta era vazada e de ferro, abrindo pra um corredor sujo com um banco comprido, onde as pessoas faziam fila pra consulta. O chão era cheio de poeira e marcas de barro, e vários objetos se espalhavam por cômodas e mesas. Havia santos católicos e de outras religiões, calendários com deidades, cartas de baralho, folhas de caderno arrancadas, terços, velas, plantas mortas e um quadro sem moldura, mostrando um Jesus negro de braços abertos. No fundo, havia um canil. Cachorros circulavam.

Era cedo. Oito e meia da manhã. Nenhum cliente àquela hora.

Não havia conseguido dormir na noite anterior. O que a cartomante tinha me dito havia causado em mim uma impressão tão forte que fez com que eu me virasse de um lado pro outro na cama, me pondo de barriga pra cima e de lado, de bruços com o pescoço virado pra direita e a bochecha colada na parede, depois pondo o travesseiro na outra extremidade da cama, mudando todo o corpo de lugar, e levantando pra beber água e voltar pra cama, só pra me lembrar de novo da cartomante e ir aos poucos sendo tomado por outros pensamentos em sucessão. Havia momentos em que eu esquecia o que estava pensando segundos depois de pensar. Lembrava da cartomante. Sentia raiva. Tentava respirar fundo e não pensar em nada, mas isso durava pouco. Por volta das cinco horas, a luz vermelha que vinha da televisão me cegava. Às seis, desisti de tentar dormir. Às sete, estava num ônibus indo pro Mercado Público, com sono.

Toquei a campainha. A senhora saiu de um quarto nos fundos e abriu o portão.
Já veio, ela disse.
Bom dia. Não quis esperar mais.
Eu sei. Passa aqui.
Me levou pra primeira sala, onde estava a mesa em que ela lia as cartas. Abri as sacolas e deixei que ela fizesse seu trabalho.
Primeiro, ela desembrulhou o coração de boi e deixou ele aberto em cima da mesa. Me deu os bonecos.
Escreve teu nome sete vezes na cabeça desse aqui, ela disse, e fiz o que ela pediu.
E agora?
Agora escreve no corpo mais umas cinco vezes. Isso, escreve grande. Escreve nas pernas também, pra ela ficar louca de tesão por ti.
É ele, senhora.
Ele, sim. Ele. Não tem problema que seje ele, viu? Aqui comigo não tem essas coisas. Isso, já tá bom. Agora pega o outro boneco, que é tu, tá?, e escreve o nome dele, que é pra tu também ficar apaixonado, pro amor de vocês ficar em sintonia. Como é o nome dele?
Yuri.
Yuri do quê?
Yuri Köhler.
Yuri Côla. Isso. Escreve bastante, também. Tá, tá bom. Dá aqui.

46

Ela besuntou os bonecos com doce de leite e enrolou os dois, um de cara pro outro, com o cordão vermelho. Como é teu nome mesmo? William. Chagas. Oxum, que una William Chagas e, quem mesmo? Yuri Köhler. Yuri Quêler, e que esse amor não se quebre mais. Que eles sejam amarrados tão forte que não queiram se separar, que o Yuri venha bem louco pra dar pro William, ou não sei, o contrário. Que deseje o William com muito amor e que tenha ciúme e não queira ninguém perto do William. Toma aqui, amarra tu agora, vai enrolando e depois dá um nó.

Ela pôs os bonecos atados dentro do coração, passou mais doce de leite, jogou algodão, fechou o coração, e disse Agora continua enrolando o cordão em volta, vai enrolando, mas sempre pensando nele, viu, sempre nele, como tu ama ele, como tu quer que seje, olha ali pra Oxum que é aquela ali de amarelo e vai pedindo, pede bastante. Tá, vou acender as velas e começar a reza. Fica sempre pensando nele.

Era difícil controlar a mente naquele lugar.

Ela pousou as velas no chão e pôs fogo. É bom sinal, ela disse. Se não se apagaram é porque foi bem aceito.

Tirou as pombas da caixa e iniciou uma reza, tão baixo que só pude ouvir murmúrios. Pensa nele, ela disse, e passou duas pombas cinzas pelo meu peito. As

pombas que eu havia comprado, sujas da rua, estavam sendo passadas no meu corpo.
Entoou a oração por alguns minutos, esfregando em mim alguns sacos com ervas dentro.
Pronto, guri.
Acabou?
Sim.
Mas tu não usou a pólvora.
O quê?
A pólvora que tu pediu pra eu comprar.
Ah, é verdade. Não tem problema. Não precisa de pólvora. Agora essas velas eu vou acender às seis horas da manhã e da tarde, passar uma faca pra esquentar nelas, que é pra reforçar teu trabalho, e depois as pombas eu vou soltar, que é bom que são macho e fêmea e podem acasalar, né.
Certo.
Chega em casa e bota teu lençol pra lavar. Não toma banho hoje, só amanhã. E toma um banho com cachaça no peito, não esquece. Alguma pergunta?
Quanto tempo demora?
O quê?
Pra que faça efeito.
Normalmente demora dezesseis dias, mas em oito pode ser que ele já venha.
Ele que vai vir?
Isso, Yuri.

William. Yuri é ele.

Ele vai vir até ti, não te preocupa. Não conta pra ninguém que tu fez esse trabalho, espera pra contar quando vocês estiverem juntos. Quando estiverem, vem aqui de novo pra eu te dar outras instruções.

E tem outras?

Só pra manter a amarração.

Entendi.

Então tá.

É só isso?

Só isso.

Fui embora e segui meu dia, tentando não pensar no que tinha acontecido. Mas quando fui tentar dormir, tive mais uma noite sem sono.

O pai

Aconteceu pela primeira vez quando contei pra ele. Aconteceu e me atingiu como um tiro, um tiro dentro de uma sala pequena, à queima-roupa. Já havia se passado uma hora. Ele estava no quarto; eu, na cozinha, bem onde estávamos na hora da conversa.

Era uma sensação nova, mas que voltaria várias vezes a partir de então. Durante os silêncios dele nos almoços; na vez em que fomos nós dois a um jogo de futebol, e ele me chamou de sociopata por não aprovar o canto da torcida; ouvindo a faixa oito do *Princesa*; quando pedi pra ele me levar a uma festa, e ele contorceu o rosto quando viu, de dentro do carro, as pessoas que esperavam na fila; e no dia em que ele disse — e o sentimento me atingiu mais intenso do que nunca — que eu não merecia carregar o sobrenome dele.

Não é como se tu fosse passar ele pra alguém.

Obrigado, pai, mas eu descobri faz tempo que não é. Que eu não mereço o chão que piso, que estraguei o teu sonho e que nunca vou ter a tua bênção. Agora me diz algo novo. Me diz como vai ser daqui pra frente, que sobrenome eu escolho, pra onde eu me mudo, em que eu penso quando quiser lembrar de onde eu vim.

Aconteceu pela primeira vez quando contei pra ele, porque quis esquecer de onde eu vim.

Não realizei o ímpeto exatamente como eu tinha pensado no início, mas de outras formas. Quando saí de casa e passei a me sustentar, e todos os dias a partir de então, cedi aos meus impulsos e não me ative a tradições. A famílias.

Naquele dia, fiquei sentado por uma hora na cozinha. Vi todos os lugares em que estivemos durante a nossa conversa. Vi teu choro, quando tu estava ainda sentado, e tua agressividade, toda liberta pelo corpo nos gestos, quando tu quase veio pra cima de mim. Parou porque por um momento conseguiu se lembrar de me olhar. Deve ter visto medo, não raiva.

Não vou conseguir falar contigo pelos próximos dias, tu disse, antes de ir pro quarto. Não depois *disso*.

E não sei se *isso* era por quase ter batido em mim ou por eu ter contado que não era e nunca seria o filho que tu tinha sonhado por tanto tempo.

No balcão, havia um faqueiro. Vários cabos de plástico se ofereciam a quem quisesse cortar, prejudicar, desfazer. Olhei pra aquele faqueiro durante vários minutos quando meu pai já estava no quarto, e pensei em como eu poderia abreviar anos de tortura.

Não pensei em esquartejar nem em fazer sofrer. Não pensei em matar.

Pensei só nele morto.

Pensei em meu pai morto, fora do caminho.

Pensei no enterro, na cremação, no luto, na meia dúzia de amigos vindo pedir algum dinheiro que tu ficou devendo. Não ia doer tanto. Pouco depois, os trâmites estariam resolvidos.

Mas eu não ia pôr esse plano em prática. Óbvio que não. Eu seria preso pelo resto da vida, perderia tudo o que tinha, inclusive a liberdade que pretendia ganhar com a tua ausência. Não, mesmo hoje acho que o tipo de pessoa que eu sou nunca daria vazão àquela força repentina. Deixar sangue sujar o piso. Um sangue tão teu quanto meu.

A dor viria com alívio. Com o alívio, a culpa.

De qualquer morte que meu pai morresse, eu teria culpa. Desde aquele dia, a ideia da morte já me trazia alívio. As frustrações do nosso convívio teriam um desfecho abrupto, sem possibilidade de se resolver, mesmo eu sabendo que, caso tudo seguisse como estava, o mais provável era que nossos problemas piorassem ou se multiplicassem. A culpa seria minha, até a hora da minha própria morte.

Desgraçados os que morrem antes dos pais. Se vão sem ver o fim dos que lhes deram a vida e, junto com a vida, a amargura do mundo. Esses filhos, mortos precocemente, não deixam seguir a ordem natural das coisas. Aprendem a engatinhar e depois a caminhar, mas não chegam a fazer isso fora dos limites da casa dos pais. Morrem.

Aos que sobrevivem, resta esperar.

E aos que não nasceram, é dado o presente de serem almas tranquilas que vagam pelo universo, não tendo que carregar fardos ou ser filhos, nascer, ter culpa.

Não quero adotar ou tentar os métodos alternativos. Não preciso prolongar nenhum sofrimento. E se eu for exatamente igual ao que eu mais temo, pai? Tu me passou o teu andar estranho e pouco decidido, as sobrancelhas grossas, a dificuldade com palavras e a mania de morder a língua, mesmo que ache que não sou digno de herdar nada. Não esquece que tu vive aqui dentro de mim, no meu corpo de homem. Sou o olhar bondoso que vira bicho em um piscar de olhos, sempre pronto pra romper laços. Sou Ivan e Dmitri, com os mesmos problemas e as mesmas soluções.

Não escolhi minha herança, pai, mas não me é dada a escolha de abdicar dela. Sou tudo, menos desnaturado: por mais que eu tente, não consigo negar meus genes. Na natureza não existe sobrenome.

E eu não conseguiria me perdoar por te ver no meu filho. Mesmo que tu não estivesse presente pra ser avô, pronto pra perceber tu mesmo a semelhança que passou de ti pra mim, de mim pra ele. Será que tu ia ficar feliz de ver outro ser humano com os mesmos defeitos?

Fala, pai. Conta pro meu filho como tu era igual a mim. Conta quantas vezes tu fugiu de casa. Conta onde tu estava quando teu próprio pai morreu.

Que tu quis fazer o que quisesse, sem nenhuma sombra alta e robusta te rondando, te dizendo que não era aquele futuro que se esperava pra ti. Tu quis fazer da tua existência o que a ti te parecesse.

Pai, tu não pode viver a minha vida. Tu ajudou quando eu fui concebido, e já a partir dali não foi mais tão necessário. O engraçado de ser pai é que tu deve sentir que nem faz diferença. Não precisava estar lá na hora do parto — aliás não esteve — nem na hora da amamentação. E não fez questão de estar presente no resto. Tu te ausentava pelo tempo que te fosse necessário; se não de corpo, de espírito.

As broncas tu não poupava tanto quanto os sorrisos. Mas até ouvir tuas ofensas era melhor do que o teu silêncio. Tua vergonha é pior do que teu não, pai.

Tu aprendeu, enquanto eu crescia, a amar uma criança que nunca existiu. Uma criança com a vida toda planejada por ti. Mas ser pai não é o mesmo que ser um deus, e um filho não é um segundo advento.

Agora eu posso finalmente retomar o lugar que era meu quando nasci. Posso ostentar minha saúde enquanto te vejo apodrecer em uma casa escura, consumido pelos vermes que se deliciam mais quando a carne é podre. Talvez tu não tenha percebido ainda, pai. Tu já morreu. Está em alto sono. Congelado em uma década que há muito passou, de olhos abertos pra ver o mundo passar como um trem-bala.

Talvez a narrativa que eu escolhi pra mim te dê asco. Talvez teu silêncio dure pra sempre, ou tu apenas mude de assunto. Acho até que tu consegue viver muito ainda.

Mas não a minha vida. Pai, essa tu vai ter que deixar pra mim.

Cantiga de roda

Ele não estava seguro quanto à ideia de sair de casa, mas sabia que esse acontecimento haveria de chegar e que, naquela noite, o seu tão particular universo viraria do avesso e mais uma vez voltaria a sua forma inicial, deixando para trás no processo todas as marcas de habitabilidade de sua casa: os livros velhos da adolescência, as canecas empoeiradas, os abajures encardidos, as estátuas de exu ainda incrustadas em cera de vela vermelha e os quadros que havia ganhado de sua prima, todos marcados por um gosto peculiar e brega, diria ele, que só alguém como ela, cuja fase preferida da cultura ocidental contemporânea eram os anos 80, representados em um delírio de néon, sintetizadores, cabelos volumosos e desesperança no futuro, poderia ter; passava muito tempo apreciando seus móveis; seu principal tesouro era sua cama de solteiro, uma peça antiga de jacarandá que havia comprado por uma pechincha em uma madeireira entre os 630 km da estrada que o levava para São Francisco do Guaporé; o resto de seus primos reclamava muito sobre o fato de que a malha rodoviária de Rondônia era pobre, fazendo com que a simples distância da cidadezinha até Porto Velho, que em uma linha reta não seria muito mais do que 300 km, dobrasse de tamanho quando se ia de carro, mas ele não se importava, adorava dirigir; parava várias vezes para comer e, vez em quando, comprava objetos de seu agrado na beira da estrada, o que incluía móveis, suvenires, relíquias religiosas, jilós, melancias e castanhas; São Chico era uma cidade pobre, mas nada substituía a beleza que via quando chegava ao vale do Guaporé e avistava a aldeia, planejada em ruas quadradas, simétricas, exatas, de chão batido vermelho, com o orgulho de uma gente que vive pobre mas se diz feliz, muito mais do que essa gente que mora nessas cidades grandes que nem Porto Velho, diriam, talvez por mal saber o real tamanho de Porto Velho, ou como é a vida no caos, ou que a felicidade, quando se quer, é possível de ser encontrada nos lugares mais escuros, em pequenos instantes espalhados entre o trabalho, o ônibus e a cama, em um exercício de fuga do sufocamento que a enormidade da cidade impõe; o resto dos seus móveis era de um padrão de cores igualmente caótico, apesar de ele mesmo anunciar, quando podia, que sua cor preferida era marrom; havia um toca-discos usado quase sempre ligado, tocando músicas de artistas dos anos 80, provavelmente Marina Lima ou Cazuza, ou os poucos vinis novos que havia comprado em São Paulo, após um de seus primos o ter quase obrigado a ouvir Metá Metá e Passo Torto, que poucos anos atrás nunca teriam sido do seu agrado e mesmo hoje provocavam algum desconforto, mas um desconforto que descobriu ser agradável, desafiador, que o fazia se sentir privilegiado intelectualmente em relação a quem escutava apenas música popular de trinta anos atrás; quando recebeu a mensagem que confirmaria o encontro, um estado de euforia algo parecido com o que acontecia quando escutava o saxofone de Thiago França no final de *Obá Kossô* o tomou de assalto; sabia que o que sentia era puramente químico (psicossomático, diria sua prima), uma reação entre neurônios que produziria sinais que passariam pelo seu corpo, talvez; "há vários documentários que abordam o assunto", diria ele, "sei muito sobre o assunto"; foi tomar banho, e começou, como sempre fazia, pela cabeça, em movimentos circulares dos dedos por entre os cachos negros que lhe caíam até a cintura, motivo de vergonha para sua mãe, mas de orgulho para si próprio, já que achava que os cabelos eram um traço de sua personalidade não menos importante que o caráter, que já havia provado, vez após outra frente à mãe, ser uma de suas características mais constantes, e ainda de dimensão maior do que se poderia pensar a princípio, bem como a distância de Porto Velho a São Francisco do Guaporé; passou a observar seu corpo: os pelos abundantes em quase toda a totalidade do torso e do abdômen, os dois com um excesso de gordura maior que o desejável por outro homem médio de sua idade, justamente seu objeto tão intenso de desejo naquela fase da vida, referindo-se aqui a um outro homem médio de sua idade de modo genérico, já que a noção de particularidade que viria de um tipo de homossexualidade mais experimentada e confiante demoraria nele ainda muito tempo para nascer; saiu do banho, por um momento, para pegar uma das carteiras de Free que havia sobrevivido ao seu adeus ao cigarro, que posteriormente viraria asco, mas que havia sido preservada no canto da gaveta para caso um dia se levantasse de madrugada com uma vontade incontrolável de fumar e observar a fumaça lentamente se movimentar em ondas no ar, chegando até o teto para então desaparecer; acendeu o cigarro e voltou ao banho, como fazia na época em que fumava todos os dias; não sabia por que gostava tanto disso; talvez fosse pelo desafio de ter que evitar que a água do chuveiro apagasse o cigarro, ou simplesmente por não se sentir perdendo tempo; sabia se ensaboar com uma das mãos enquanto tragava o Free com a outra, em um estado de transe que poucas vezes se repetia durante outros tipos de atividade; quando saiu do banho, o cigarro já no fim, pôs-se a escolher uma roupa adequada para a ocasião que viria, o que se provou uma missão difícil, até desesperadora, visto que nunca se sabe o que vestir em momentos importantes, mesmo que pouco formais ou mesmo cuja relevância só o futuro poderia determinar; "qualquer decisão que eu tomar a qualquer momento vai fazer com que a minha vida seja completamente diferente, desde a esquina em que eu dobrar até o pé que eu escolher para começar a andar", pensou, logo afastando o pensamento, sentindo um aperto no peito característico dos momentos antes da fala em público, da presença de um homem muito atraente ou dos segundos que antecedem uma prova; de fato, o destino era algo aterrador e grande demais para ser analisado tão de perto, com tanta frieza, com detalhamento tão vigoroso, e era melhor ser deixado intocado; pôs a sua melhor calça, que ainda estava suja da última vez que tinha ido trabalhar, e uma camisa branca; resolveu prender o cabelo, já que não sabia se seu visual mais natural seria lido com simpatia naquele momento em que precisava demonstrar interesse mas não em excesso; respirou fundo três vezes, mas logo cansou do exercício; tomado por um desvario que não poderia ser explicado apenas pelo calor da situação, mas talvez pela soma de fatos e anos que precederam aquele dia que o faria ter que tomar decisões não mais importantes do que as que tomava todos os dias, seja na rua ou em casa, ou mesmo na estrada que o levava para o sul de Rondônia, saiu e bateu a porta atrás de si; ia a um encontro, ou pelo menos esperava que teria um encontro quando chegasse ao bar, depois de seguir a passos firmes pelo centro da cidade, indo rápido mesmo que estivesse adiantado, mesmo que não quisesse suar, certo de que chegaria com o rosto pingando e com manchas debaixo do braço, algo que certamente não causaria boa impressão em Cândido, e nem sabia que rosto tinha Cândido, se era bonito ou feio, o que sabia vinha da boca da prima, e portanto era uma informação que merecia ser tratada com desconfiança; sabia, no entanto, que Cândido era surdo, e sobre isso sua prima não teria mentido, não faria sentido que mentisse, foi mesmo o motivo principal pelo qual ele finalmente havia cedido aos apelos de sua prima para que fosse a um encontro com um dos amigos ou colegas de trabalho dela, enfim conheceria alguém que não se importaria com seu corpo ou com sua aparência, por ser também desprivilegiado pela vida, não conseguindo ouvir ou falar com a boca, e se sentiu confortado pela ideia, mesmo sem saber se aquilo se confirmaria ou não, sendo, de qualquer forma, um alento; não sabia como se daria a comunicação; vinha sendo até então por mensagens, mas sua prima havia dito que era bem fácil, que com mímicas simples era possível se comunicar com Cândido, que logo se acostumaria, a prima pensava inclusive que formariam um casal para a vida, um que não se separa mais, porque os dois tinham tudo para dar certo, signos do mesmo elemento e algo diferenciado em si, uma delicadeza dificilmente apreciada por outras pessoas, um quê de humanidade difícil de ser desvendado em uma primeira conversa, pelo fato de serem tímidos, mas que se revelava aos poucos, e mal podia esperar para conhecer essa sensibilidade tão parecida com a sua própria em Cândido, só não sabia como seria a primeira conversa, se conseguiriam fazer mímicas um para o outro por uma noite inteira; se imaginava tão conectado com Cândido que conversariam sem parar, apaixonados instantaneamente, e que, ao fim da noite, já conseguiria falar a língua dos sinais fluentemente, sua segunda língua que falaria apenas com uma pessoa, língua que falaria apenas quando estivesse feliz, feliz com seu namorado, marido, feliz, feliz finalmente, sua vida poderia começar, poderia apresentar alguém para a mãe, tentava seu primeiro encontro, o primeiro beijo, o primeiro amor, e isso não contava para ninguém, mentia que houvera poucos, mas alguns, e logo teria: Cândido; tentou secar o rosto com as mãos e entrou no bar, ladrilhos brancos e uma prateleira aérea com garrafas de cachaça e vodca, vazio a não ser por dois senhores sentados ao balcão e outro que servia, todos calados e desapercebidos de sua entrada, aos trambolhões; sentou na metade do bar; julgava a cadeira pequena para si, mas agora que haviam combinado de ser naquele bar, seria, a ideia fora da prima, pois o bar era mesmo mais vazio que o normal, haveria menos gente olhando, menos pessoas que o pudessem deixar nervoso, mas tanto fazia naquele momento quem estava por perto, estava suado & nervoso & olhando o horário no celular a todo instante, virando a câmera para o modo selfie para poder se ver, algo triste com o resultado, depois lendo as notícias do dia para que o tempo passasse, e passou, passou a hora combinada e mais quinze minutos, e por um momento se viu mesmo distraído com as notícias, pouco atento a quando seu encontro chegasse, não podendo reparar que Cândido havia chegado ao bar na hora certa, olhado para dentro, o visto sentado olhando para o celular, e ido embora, antes de enviar uma mensagem para a colega de trabalho (que guardou aquilo para si) em que se lia: "nossa, mas esse seu primo é um monstro".

As coisas que a gente faz pra gozar

Abro meu Grindr e chamo o primeiro: atv peludo 42, sem foto, 88 kg, 180 cm.

A primeira coisa que digo é Tudo bem?, e a segunda é A fim?, ao que ele responde que sim. Peço fotos, e ele me manda do pau, duro e rente à barriga cheia de pelos, o que surpreendentemente continua a agradar guris da minha idade, lolitos nos braços de HxHs semipedófilos que buscam twinks depilados em uma mistura de tédio, fantasia, e insatisfação paternal a.k.a. daddy issues.

Comecei às duas da tarde. Botei o *1999* do Prince pra tocar e fui procurar uma fodinha, assim como em várias tardes antes desta. Eu ficava online, achava alguém, dizia Tudo bem?, A fim?, pedia fotos e esperava que tivesse local. (Melhor se fosse mais perto.) Pegava meu carro, ia, cumprimentava sem perguntar o nome, entrava no apartamento, beijava, chupava, dava, conversava um pouco (talvez) e ia embora.

Não tinha mais nada pra se fazer em Porto Alegre.

Se não estava a fim, se não curtia afeminados, se era vers/pas, se curtia fisting, maduros, bears, bis, casais ou ativos, eu passava direto pro próximo, sempre o que estivesse mais perto e que quisesse algo parecido com o meu perfil: vinte anos, magro, passivo, 177, 66, branco, estudante, aquariano, inseguro, insatisfação paternal a.k.a. daddy issues e ateu, socialista, depressivo.

Mas o.k., o ativo 42 peludo etc não tem local, nem parece empolgado, nem gosta dessas bobagens de horóscopo, nem é muito bonito, apesar de o pau ser argumentavelmente o.k.

O próximo tem vinte e sete anos e mora do lado do Cavanhas, usa um undercut (o que tinha sido legal três ou quatro ou cinco anos atrás) e é de Câncer. O corpo é magro, a altura é 176 cm e a etnia se mostra como native american, apesar de ele ser claramente branco, o que denota talvez uma identificação não fenotipicamente clara ou mesmo uma certa ignorância em relação ao que native american quer dizer.

Mas o próximo se encaixa. Tem dezenove, é gostoso (quase gordinho, mas não gordinho, definitivamente não magro, com aquela barriga de chope que não é chope, muito mais Skol do domingo com os amigos, a mais barata do super, a dividida em momentos em que nunca é dividido o fato de ele ser viado) e as fotos agradam. São várias, de pé, no espelho, na cama, com a câmera da frente do telefone e umas tiradas por alguém que assistiu a uma transa do guri com outro. Diz na descrição que mora em Viamão.

Viamão. Sim, Viamão, i.e. Protásio Alves e Antônio de Carvalho e daí até o quinto dos infernos e nem ideia de onde se dobra. Mas é gostoso. Depois de todas aquelas horas, pode ser que valha a pena. Vale a pena.

Me certifico: é ativo, tem local, está sozinho, pode agora, não tem problema em me esperar, diz que me curtiu, curte fuder bem demorado e é assumido, o que comprova que meu poder de intuição ainda é falho depois de anos abrindo aplicativos na hora de acordar e fechando na de dormir. Combino de chegar lá em uma hora.

Me visto, ponho uma cueca da Lupo, uma bermuda e uma camiseta meio surfista. Pego o carro e saio de casa. Está calor: é verão.

Ligo o Waze e sigo pelo caminho indicado, passando pelo campus do Vale e chegando em Viamão, onde dirijo por várias ruas de paralelepípedo aparentemente pacatas, mas ainda com certo aspecto de poluição. Chego no lugar indicado e vejo o guri na frente de casa, de bermuda de laicra e camiseta regata. Faço sinal de luz, e ele entra no meu carro.

Prazer, Jonatan.

Prazer.

Meu, preciso te dizer uma coisa. Meus pais tão em casa. Não vai rolar aqui.

Porra. Podia ter me dito antes.

Achei que não iam estar.

O que a gente faz então?

Eu conheço um lugar.

Ele me dá o caminho pra um morro. Diz que não é perigoso, que é um morro onde há casas de luxo e não passa muita gente. A ideia é fuder no carro.

Vamos até lá e passamos por algumas ruas até encontrar uma em que há mais campo do que casas, algo que só existe fora de Porto Alegre.

Meu carro é tudo de que um viado precisa. Os bancos de trás podem ser abaixados até que se forme um só nível com o porta-malas. Quase um motel. São nove da noite quando estaciono.

Finalmente podendo prestar atenção no Jonatan, vejo que o pau dele está quase saindo do calção. Sorri pra mim e me beija querendo provar os cantos da minha boca, liga o ar-condicionado, me joga na parte de trás do carro.

E transa comigo feito um bicho.

Eu gosto de sexo, mas é raro que eu consiga falar enquanto estou pelado com alguém. O Jonatan não tem esse problema.

Senta aqui.
Chupa. Mais.
As bolas.
Senta com vontade. Agora sai. Senta.
Fica de quatro.
Fica de quatro e geme.
Geme de verdade.
Geme alto, viado.
Tu gosta de um pauzão, né.
Tu gosta.
Gozamos ao mesmo tempo, eu já havendo experimentado várias posições, algumas novas. Percebo uma ardência na lombar, e descubro que é de ralar as costas no chão áspero do carro. Ele ri do meu machucado.
Tu gostou, né?
Sim.
Também gostei.
Que bom.
Quando o cara tá a fim de fuder, é bom. E tu veio até *Viamão*.
Vim.
Bem putinho. Gosto de fuder com cara que não tem vergonha de ser bem putinho.
Valeu.
Deitados na parte de trás do meu carro, conversamos durante o que parecem poucos minutos. Falamos sobre faculdade, signos e política. Ele faz cinema, é leonino,

vota na esquerda. Os vidros do carro começam a embaçar quando escuto o ar-condicionado morrer.

Jonatan.

Quê?

A bateria do carro. Acabou.

Incrédulo e ainda só de cueca, tento girar a chave na ignição. Não é possível que eu tenha sido idiota o suficiente pra deixar o carro morto e o ar-condicionado ligado.

Fica tranquilo.

Claro, Jonatan. Bem fácil falar fica tranquilo. Eu estou em um morro em Viamão, uma cidade notoriamente perigosa, às dez da noite sem bateria no meu carro, de cueca e com calor. Meus pais foram pra praia. Se eles souberem, aliás, que vim até Viamão e transei com um menino no carro deles no meio da rua, não quero imaginar o que eu vou ter que ouvir.

A gente pede ajuda em alguma casa, ele diz. É mesmo a única coisa que dá pra fazer.

Vou com o pé no freio enquanto ele empurra. A rua desce por alguns metros e à frente há uma leve subida. Tenho medo de que ele não consiga empurrar, mas o guri é forte. Paramos em frente a uma casa, e ele toca a campainha enquanto espero no carro.

Vemos abrir a janela um homem musculoso e careca de uns trinta anos, também vestindo bermuda de laicra e regata, mas esse com certeza hétero e provavelmente não simpatizante. Tem uma tribal tatuada no enorme braço e uma cara de quem não gostou de ser incomodado.

Boa noite, senhor, diz o Jonatan. A bateria do nosso carro morreu. Tu tem cabo pra fazer uma chupeta?

Como assim, morreu? O que vocês querem?

Acabou a bateria. A gente só queria fazer funcionar.

Mas o que vocês tavam fazendo dentro do carro?

A gente tava ouvindo música e esqueceu o ar ligado.

Vocês tavam ouvindo música na rua com o carro desligado?

É.

Espera. Vou até aí.

Percebo que ele é mais alto do que eu esperava, e que vem vindo com um volume dentro da calça. Mas ali não há nenhum tipo de ferramenta pra se fazer uma chupeta, e sim um revólver.

Calma, moço, eu digo, não sentindo calma.

Tô bem tranquilo, ele diz. Se vocês fizerem alguma coisa eu meto bala em vocês.

A gente só quer ir embora, eu digo, e desço do carro. Abro o porta-malas com a chave e tento ver se não encontro cabos pra bateria escondidos em algum lugar.

Esse carro é de vocês mesmo?

É meu, sim. Mas, na hora em que fecho o porta-malas, o carro começa a buzinar desafinadamente, sem parar.

Jonatan, acho melhor tu ir até aquela casa e perguntar se eles não têm o cabo.

Sim, acho que é uma boa ideia.

Enquanto o Jonatan vai até a casa, o homem permanece me encarando. Não sei se ele realmente tem medo da gente ou só quer nos assustar. É verão, a temperatura é de quarenta graus, estou com meu carro aberto em uma rua escura de uma cidade-satélite de Porto Alegre com um provável eleitor do PSDB armado.

E aí, Jonatan?

Eles me disseram que não têm o cabo.

Tá, e o que a gente faz?

A gente dá um jeito. Podemos perguntar em outras casas.

Não adianta, diz o homem. Não tem ninguém aqui por esses cantos que tenha um cabo, não tem nenhum posto por aqui, e se vocês baterem na porta de alguém às dez da noite vão pensar que são assaltantes.

O que tu sugere, moço?, eu digo.

Ah, não sei.

Irritado com o descaso da resposta, noto que sou a única pessoa tensa. Não sei se porque eu sou dono do carro ou porque eu não moro em Viamão e não estou acostumado a como é lá, mas percebo que nem o revólver nem a contraditória indiferença e as suposições arbitrárias do homem parecem deixar o Jonatan preocupado. O rosto dele é sereno.

Eu ligo pro meu pai, ele diz.

Teu pai?

É, ele tem essas ferramentas e coisas de carro. Ele vem e faz a chupeta.

Não há outra solução. Ele liga pro pai, que diz que chega em vinte minutos. O homem careca, ainda nos considerando perigosos, julga melhor esperar com a gente até que o assunto se resolva.

O pai do Jonatan aparece em uma picape. O homem explica pra ele o que aconteceu e entra de volta em casa. O pai do Jonatan, tampouco parecendo escandalizado, pega seus equipamentos e, sem olhar uma vez sequer pro meu rosto, faz sozinho todo o processo de trazer meu carro de volta à vida. Tudo se resolve em poucos minutos.

O Jonatan pede pro pai ir pra casa. Diz que já vai.

No caminho, bota a mão na minha coxa.

Bah, que louco, né.

Louco, Jonatan?

Louco.

Eu achei que a gente ia morrer.

Ah, não era pra tanto.

Até teu pai apareceu.

Até meu pai.

Será que ele sabia que a gente tava ali porque tava transando no carro?

Claro. Meu pai não é trouxa. Mas não tem problema. Ele sabe que eu gosto de fuder. Quando o guri quer fuder, tem que deixar.

Olha tudo o que aconteceu, Jonatan. Não precisava tanto.

Mas no fim a gente gozou, não gozou?

É.

E eu até gosto quando acontece uma coisa mais emocionante.

Por quê?

Sei lá. Um não esquece o outro.

Fogo

O lugar que havia escolhido para morar era bem diferente de sua casa anterior. Era pequeno e só tinha um quarto. Já não bebia tanto. Seus hábitos alimentares se tornaram mais saudáveis. Era um motorista mais tranquilo, ainda que houvesse descoberto no piloto automático uma ferramenta conveniente. Flertava, mas nunca chamava ninguém para sair. Não saía muito à noite nem via graça em ter amigos, mas ainda ria de boas piadas, dava sempre bom dia ao porteiro, não conseguia resistir a mais um pedaço de chocolate.

* * *

Seu apartamento era de paredes cinzas, sua cama era semicasal, seu prédio tinha apenas quatro vizinhos, seu criado-mudo ostentava os últimos livros lidos e caixas de dipirona.

Saía para trabalhar, ainda que agora só sustentasse a si próprio, e ainda que ele e o marido houvessem acordado em dividir tudo pacificamente no momento em que se descasaram.

Por fora, haviam sido compreensivos e práticos: que cada um levasse para si o que lhe trouxesse as melhores recordações. Dividiram a dor também. Todo aquele pequeno universo que compartilhavam havia sido dividido em dois, incluindo chuvas de meteoros e buracos-negros.

* * *

Quando chegou ao novo lar pela primeira vez, sentou-se na pequena sala e chorou. Primeiro chorou um pouco, depois com força e depois com raiva. Terminou rindo. Riu tanto quanto rira durante todos aqueles últimos anos, mas, nesse dia, era um riso histérico e insalubre.

Quando era pai, chorava de alegria.

Era não mais pai, como se dele tivessem tirado as coisas com que mais lhe agradava definir-se aos outros. Naquele instante, quis descer até sua garagem, pôr fogo em seu próprio carro e vê-lo explodir, como uma oferenda ao passado, como uma nota de escárnio aos deuses. Procurou uma garrafa de álcool de cozinha e um pano, mas deteve-se. Não tinha coragem. Um carro valia dinheiro.

Quando era pai, tinha coragem e era herói.

* * *

Ia deitar-se todas as noites esperando pelo menos meia hora até que pudesse fechar os olhos e dormir. Acordava triste. Julgava-se morto.

* * *

Telefonou para o ex-marido com o número privado. Queria ouvir sua voz. Queria senti-la passeando leve por todos os cantos de seu corpo. Ninguém atendeu.

* * *

Saía para correr e pensava em morte. Nunca ninguém lhe havia dito a morte. Seus pais o poupavam de ir a enterros, e não haviam feito esforços para que ele soubesse como a morte operava. O que tinha era uma vaga ideia do conceito: sabia que as células morriam.

Aprendeu que quando morre alguém, morrem as pessoas ao seu redor. Ele morria todos os dias. Sentia que um dia a morte ia cessar e que ele estaria em paz, ou morto por inteiro.

Olhava para as paredes cheias de mofo e via vida. Ria, que era o que lhe restava.

* * *

Todos os dias, reservava pelo menos dez minutos para se olhar no espelho ininterruptamente. Conseguia, dessa maneira, separar-se de si mesmo, como se estivesse fitando outra pessoa, e não o próprio reflexo. Durante dez minutos dentre os mil quatrocentos e quarenta do dia, tirava de dentro de si o foco de seu desprezo, de sua pena e de sua incredulidade.

* * *

Bebia muita água, talvez para se reencontrar com a vida, para evitar um incêndio, para se purificar, ou para se afogar.

* * *

Na metrópole, pessoas tiram a própria vida todos os dias. Os transeuntes passam ao lado das poças de sangue, os corpos infelizes ainda quentes. Ninguém para o que está fazendo para olhar. Parecia injusto que ele pudesse se livrar da dor tão facilmente, quase que sem custo ou redenção.

* * *

Sentava no banco das praças para assistir às crianças brincando. De longe, gargalhava junto com elas e sentia suas alegrias, como se fosse ele que estivesse na ponta do balanço, sob a mínima tensão das duas cordas, descobrindo a utilidade do equilíbrio e a sensação do vento no rosto.

* * *

Com o passar dos anos, passou a sentir menos dor. Concomitantemente, sentia menos alegria, menos frio e calor, menos prazer em ter mais horas de sono, menos raiva dos juízes de futebol e menos vontade de procurar motivos para justificar seu esforço no trabalho.

* * *

Seu universo havia sido atropelado. Nunca mais seria pai nem homem nem feliz. Talvez se adequasse àquela condição em alguns anos. Sabia que só chegara àquela ruína porque um dia havia construído seu próprio império. Não encontrava forças para queimar a ruína, nem queimar seu carro, nem a si mesmo. Não sobrara nada dentro de si.

Unfucktheworld

Já suspeitava de que havia escolhido o curso errado, mas passei a frequentar mais cadeiras de economia só pra ficar perto de ti. Não me interessava por firmas e famílias, nem por oferta e demanda, o efeito multiplicador. Estar sentado atrás de ti pra sentir o cheiro dos teus cabelos da cor da fina-palha-da-costa-e-que-tudo-se-trance me dava vontade de acordar cedo e ir pra aula. Antes do fim da faculdade, consegui te convencer de que sim, eu era homem pra ti, poderia te fazer feliz, valeria a pena arriscar a amizade pra buscar algo maior. Usei outras palavras na hora.

Demorei pra me acostumar com a ideia de que tu não queria alguém que trouxesse flores, dormisse abraçado, fizesse qualquer tipo de favor ou mimo, te levasse e buscasse e mudasse os planos sob as ordens das tuas palavras. Era isso o que eu teria feito.

Não me opus. Qualquer sim-mas estava bom pra mim.

Começamos devagar, experimentando sozinhos como era estar juntos. Depois, fomos contando a algumas pessoas e fazendo demonstrações públicas de afeto em festas e na faculdade.

De repente, se tornou público. De outro repente, se tornou enorme, e depois, pro meu espanto, natural. Conheci teus pais, dispostos e simpáticos; e tu, os meus, desconfortáveis e alheios. Viajamos juntos, a Capão, a Gramado e à Bolívia. Vimos fins de semana passarem. Filmes, vimos muitos. Te mostrei Juana Molina, Angel Olsen e The Walkmen. Tu me mostrou o Parque Germânia, Bach e as dublagens de músicas de filmes da Disney em várias línguas.

Descobrimos — eu já suspeitava, tu não fazia ideia — que amor se constrói, e que momentos ruins há sempre, que misturar duas pessoas com idiossincrasias e complexidades era tão enriquecedor quanto estonteante, que podíamos deixar a coincidência nos guiar, que a recompensa vinha em doses, talvez mais ao se recordar o passado do que em tomadas instantâneas de consciência.

Tu teve que aguentar meus fins de semana sentimentais, e inclusive passou a dormir abraçado comigo sem reclamar. Tive que aprender a cuidar de ti no dia seguinte às bebedeiras, a gostar de filmes de terror e a me acostumar com a ideia de que tu sairia do país em um futuro não tão distante.

Nos formamos na faculdade e compramos um apartamento juntos. Não, falemos a verdade, tu pagou quase tudo. Acho que durante aquela época não cheguei a pagar nem o supermercado, e olha que íamos quase uma vez por semana. O que eu ganhava como professor de inglês era pouco.

Eu chegava em casa cansado. Tu também. Acho que nenhum dos dois chegava louco pra ver o outro, mas a gente se obrigava a ver alguma série ou ler um livro lado a lado. Eu gostava de Michel Laub e Julián Fuks. Tu não conseguia entender por que eu, que ainda tinha lido poucos livros do Jorge Amado, perdia tempo com caras novas.

A gente perdeu um tempão juntos. Meus fins de semana, que antes de te conhecer pareciam uma aventura sempre prestes a começar, viraram algo que de verdade tinha começo, meio e fim, um fim penoso, finalmente. Nós dois, deitados naquela cama desarrumada, trocando de posição, virando a cabeça pro outro lado do travesseiro, às vezes levantando pra buscar alguma coisa pra comer, às vezes levantando pra tomar banho, às vezes levantando porque estávamos transando e dava vontade de levantar.

No começo, tive medo de que o meu grande número de experiências sexuais ia te amedrontar. Tentei não exigir demais de ti. Nem gozamos na primeira vez, guardando a ocasião pra ser ornamentada com beijos deslumbrados. Hoje penso que a primeira vez contigo foi melhor do que outras cem em que gozei e fui acometido, logo depois, pela aversão que não nos deixa mais olhar pro lado.

Lembra que tu ficou assustado depois da quinta ou sexta? E se um de nós estiver andando na rua e for assaltado e morto, tu perguntou. O que a gente faz? Eu não sabia responder. Se um de nós estivesse andando na rua e fosse assaltado e morto, morreríamos os dois.

Meus amigos passaram a ser mais amigos teus do que meus. Tua mãe me tratava como um filho. Quando as pessoas pensavam na gente, pensavam no conjunto. Sabíamos toda a vida um do outro, e, mesmo assim, parecia que poderíamos conversar pra sempre. Conseguimos ficar todos aqueles meses sem brigar uma vez sequer.

E eu sabia que tu queria ir embora um dia. Tu odiava Porto Alegre, ou dizia odiar, mas morar contigo fez com que eu esquecesse a ideia, não considerasse que tu iria mesmo, e tu foi, está aí, bem longe, estamos longe, aprendemos a não se gostar mais porque ia ser mais fácil, lembra, tu disse que era tudo racional e que era só querer, e isso me fez chorar, mas depois sequei as lágrimas e te olhei bem sério e falei tá bom, te abracei e disse que não ia te impedir de ir atrás da tua vida, tua tão sonhada vida, planificada antes de tu me conhecer. Às vezes eu penso no que poderia ter sido, no que teria sido se tu tivesse ficado, se eu tivesse ido junto, ou se eu tivesse feito administração, mas é verdade é que não tem jeito de saber, só dá agora pra imaginar, cair em outros braços, melhores ou piores, diferentes dos teus, braços outros, lembrar.

Água

Sílvio, tira a cabeça do forno.

Foi exatamente o que eu disse quando cheguei em casa e vi ele agachado no chão da cozinha, a cabeça repousando na porta do forno, as olheiras negras beirando as bochechas, a camisa e as calças cáqui amassadas. Quando se virou para mim, seus olhos eram atormentados, queriam berrar. As veias vermelhas ocupavam quase que os olhos inteiros. Me pediam que eu simplesmente não contasse nada para ninguém. Me pediam que eu fechasse a porta, fosse embora e fingisse que não tinha visto nada.

Sílvio não disse uma palavra.

Naqueles meses em que nós dois havíamos nos contado sobre todas as coisas que nos afligiam, nossa decadência também berrava. Coincidiu com um período em que não conseguíamos mais absorver prazeres. Amávamos e não podíamos ser amados de volta. Estávamos saturados.

Amar sobrecarrega, nem bom nem ruim, um tudo que compreende o mundo inteiro, corroendo, viciando, doendo, impossível que não. Não existe nada que traga tanta destruição, ou que pelo menos dissolva tanto os outros sentimentos. O ruim e o bom do amor é que ele inunda.

Foram meses de água caindo por todos os lados.

Quando saíamos para passear, só víamos viúvas chorando pelos maridos, mães cujos filhos foram à guerra, homens insatisfeitos após terem lido tratados niilistas. Nossos olhos, embebidos em lágrimas, não conseguiam fazer sentido do que víamos. Precisariam de lentes muito mais fortes do que as dos nossos óculos.

Fomos bravos. Sobrevivemos quando até o mais forte sucumbiria. Não havia vergonha em compartilhar nossa tristeza um com o outro. Quando tentávamos não pensar em nada e esquecer o problema, a água tomava conta do nosso corpo e nos afogava aos poucos. Os ressentimentos foram começando a esquecer os motivos pelos quais existiam.

Naquela época de desconcerto tão grande, qualquer briga ou problema pequeno nos nocauteava. Viver virou um peso. Era isso que os olhos cansados de Sílvio me diziam.

Aconselhávamos um ao outro, ríamos juntos, nos fazíamos carinho. Deitávamos na chuva ácida e fechávamos os olhos.

Detestávamos essa inércia, a impotência frente a algo tão maior que nós. Tínhamos uma visão otimista em relação ao amor, e terminamos com mais do que quaisquer dois humanos podem sentir em comunhão: aprendemos, juntos e progressivamente, a querer distância de amar. No começo, era difícil respirar debaixo d'água, mas aprendemos. Achamos bastante natural.

Foi tanta água que nossos olhos passaram a ver tudo sob outra ótica. Me apaixonei por ti, Sílvio, e percebi isso logo no dia em que tentei me matar e tu disse que não conseguiria continuar sem mim. Percebi naquela hora que nós dois fazíamos completo sentido. Que não havia outra combinação possível. Que não era crível que eu não tivesse pensado nisso antes. Que merecíamos isso. Percebi como o calor humano era bom em meio ao frio e à chuva.

Quando girei a chave e entrei na tua casa, foi porque eu queria te falar tudo. Te dizer que te amo, propor que ficássemos juntos, quem sabe te pedir em casamento, reconstruir tudo contigo. Tentar, porque eu sabia que não tinha como tudo dar errado de novo.

O cheiro do gás era forte. Teus olhos pareciam gritar. Do momento em que eu cheguei até aquele em que eu pude olhar bem para os teus olhos e ver a tua alma, nua e vulnerável, cheia de ramificações e deformidades, tudo veio à tona. Todas as lembranças apareceram na minha frente. A dor saiu do meu corpo e se mostrou para mim. Olhei para o forno, e vi que nós dois poderíamos muito bem caber ali. Vi tudo em seu devido lugar. Vi a morte de perto, e ela era muito mais bonita do que eu imaginava. Era transparente, cristalina.

Sentei do teu lado, te envolvi nos meus braços e fiquei lá, esperando que as nossas almas ficassem prontas.

Um não esquece o outro

— Tu escreve, então?
— Pois é, sim.
— Que tipo de coisa?
— Ficção, mesmo.
— Contos?
— Contos.
— Massa.
— Aham.
— Massa que tu escreve.
— Valeu.
— E tem algum tema?
— Nos meus contos?
— Isso.

— Eu tenho escrito com personagens gays.
— Que afudê.
— Achou mesmo?
— Sim.
— Falta isso, né? Histórias pra falar dessas relações que existem. Tem uma caralhada de filmes com os dois caras se descobrindo, isso já vimos. Mas e depois? As relações das bichas são diferentes. A gente já não se encaixa nas regras, não precisa se encaixar em padrão nenhum.
— Como assim?
— Monogamia, por exemplo. Tem muito gay que não quer mais se limitar a uma pessoa só. A gente não tem amarras que nos impeçam de transar. Quer transar pra caralho. Olha as coisas que a gente faz pra gozar, só a quantidade de tempo que o pessoal passa nos aplicativos só pra gozar rápido. E não tem ninguém falando disso. Só tão mostrando as historinhas em que o pessoal casa e vive feliz pra sempre.
— E tu não quer casar?
— Bah, tu não acha meio cedo pra pedir?
— Talvez seja.
— Acho que quero casar sim.
— Quando pedi, não achava que tu ia aceitar.
— De repente fica pro quarto ou quinto encontro.
— Exatamente como eu tinha pensado. Chegou o assunto e me antecipei.

— Engraçado que critico, mas sou vítima dessa pressão social de te obrigar a arranjar alguém e dormir de conchinha.

— Isso não é ruim.

— Por quê?

— Não sei bem. Acho que me encaixo nesse padrão sem padrão que tu falou, mas também como vítima. Queria querer casar, mas sempre acabo com medo de compromisso. Conheço a pessoa e, se gosto, me afasto.

— Não é ruim falar isso no primeiro encontro?

— Não é bom que o cara já saiba? Sou meio lixo, melhor que saibam mesmo.

— Minha especialidade. Eu atraio essa espécie.

— Já teve muita experiência ruim?

— Bah.

— Tinha que escrever sobre isso. Se vinga deles. Põe todo mundo nos contos.

— Os boys-lixo? Jura. Depois eu publico e eles vêm se vingar de mim.

— Diz que se a descrição se encaixou não é problema teu. Fatos são fatos, ficção é ficção.

— Te cuida, guri. Daqui a pouco tu vira personagem.

— Tu não faria isso.

— Será que não?

— Imagina se tu fala que eu sou feio.

— Isso eu não ia escrever.

— Ia omitir?

— Ia.

— Achei que ia dizer que não sou feio.

— Eu não minto nos meus contos.

— Pau no cu.

— Isso tem bastante também.

— Bom, eu acharia legal me ler, não seria um problema. Quero ser um personagem teu.

— Um personagem interessante nunca ia pedir pra ser escrito, pra começar. Não escrevo sobre gente desinteressante.

— Entendi. Então eu só tenho que falar uma reflexão foda ou ser uma experiência de merda na tua vida?

— Se quiser ser marcante, tem que me conquistar, soltar as reflexões e depois me dar um pé na bunda.

— Dates um ao três, quatro ao trinta, e trinta e um.

— Mas isso dá um relacionamento.

— Curto o suficiente pra eu não te fazer sofrer tanto mas longo a ponto de tu lembrar.

— Um boy-lixo nunca se preocuparia com o sofrimento do outro.

— É verdade.

— Mas reconheço que tu é obstinado.

— Obrigado.

— De repente tu já é personagem de um livro e nem sabe. Vai que nós dois existimos só em um conto.

— Um conto teu?

— Meu, de outra pessoa.

— De uma outra bicha que gosta de escrever?
— Digamos.
— Acho que deu de cerveja pra ti.
— Já? Vamo pedir mais.
— Pede, então. Pode pôr na minha comanda.
— Tu bebeu tri pouco.
— Não sou fã de cerveja.
— Por que tu não falou antes?
— Não sei.
— Tá, foda-se, vou pedir.
— Pede.
— Tem que acordar cedo amanhã?
— Tenho. Trabalho.
— Onde tu trabalha?
— Num escritório de advocacia.
— Que porre.
— Eu gosto.
— Sério?
— Sim. Leio uns processos de briga de família por herança. Altos barracos.
— É, deve ser emocionante mesmo.
— Só não sou esse Hemingway todo.
— Mas até que tu é cheio de referências.
— Eu leio. Não sou tão porre assim.
— Fala três livros da tua vida.
— Bah, que difícil.
— Fala um, então.

— *On the road*.

— Clichê.

— Obrigado. E tu?

— Difícil. Te perguntei de supetão, mas eu mesmo não saberia responder.

— Escolhe um.

— Ok. Já sei. Escolho o livro em que tu vai ser personagem.

— Vou virar, então?

— Talvez. Se tu estiver em um livro meu, escolho esse livro. Se a gente estiver em uma prateleira, estáticos nas letras, no escuro de uma página de um livro fechado, então escolho esse livro. Se não fico com *A fantástica fábrica de chocolate*.

— Jura?

— Juro. Eu era apaixonado pelo gurizinho.

— Que problemático.

— Mas eu era pequeno também.

— E problemático não?

— Isso virei.

— Bom que tu admite, mas pouco provável que um personagem do meu livro admitiria isso. Acho que eu mesmo teria que descobrir por volta do date dez ou onze.

— Por acaso tu escreve, pra eu ser personagem?

— Agora escrevo.

Sauna nº3

eu tava falando com um cara que eu conheci no aplicativo e ele me chamou pra ir numa sauna, e eu não tinha dinheiro e ele disse não tem problema, eu pago, e passou aqui de uber e fomos, tava caindo o mundo, a gente teve que sair correndo do carro quando estacionou na frente, entramos molhados e tinha um monte de gente no balcão, uns funcionários, eles nos deram toalhas, a chave do armário e uns chinelos, a gente entrou e foi botar as coisas e tirar a roupa e nos enrolar nas toalhas, só que tinha um corredor, enorme, cheio de homens, de um lado e de outro, com as toalhas enroladas e com os paus fazendo volume, e eles ficavam se tocando e olhando pra nós, se oferecendo, e a gente deu uma volta, foi até o fim do corredor e subiu pra tomar uma cerveja e fumar um cigarro em um terraço coberto, cheio de senhores que pareciam se conhecer e uns garotos de programa, sempre mexendo na pica, e aliás tinha um guri que devia ter a minha idade atendendo no balcão, fiquei pensando se ele também era viado e se ele não se incomodava de ver pau pau pau o dia todo, e esse cara que veio comigo, que se chamava roberto, era quinze anos mais velho que eu, tinha quarenta, e eu vinte e cinco, morava em paris, mas tava em porto alegre só por um tempo, e entre as cervejas me contou que já morou em vários lugares, que não gostava de como porto alegre era provinciana, mas ele vinha de vez em quando visitar os pais, e enquanto a gente tava conversando veio um dos caras que tavam lá embaixo no corredor, um dos michês, ele talvez fosse de todos o mais feio, mas era também o que tinha o pau maior, e andava com uma toalha de mão enrolada na cintura, bem curta, tirava o pau pra fora, nos mostrava, e nessa hora eu fiquei hipnotizado, não conseguia parar de olhar, e ele viu, sorriu, sentou do nosso lado e se ofereceu pra fazer uma brincadeira com a gente, e eu, que tava nervoso, comecei a conversar com ele, perguntar de onde vinha, de caxias, e o que ele fazia da vida fora dali, era encanador, e perguntei se ele era gay, porque fiquei curioso pra saber se aquilo era só um trabalho, uma renda extra, e ele respondeu que só fazia ativo, porque não sabia que ser gay não significava dar o cu, e depois de insistir na pergunta eu descobri que ele tinha uma filha, tinha até uma tatuagem com o nome dela, mas que hoje em dia só ficava com homens mesmo, e pra minha surpresa e alívio o roberto tava ainda mais nervoso que eu, falava baixo, se tremia todo segurando o copo, depois a gente saiu dali e foi pro andar do meio, em que tinham os quartos, e esse michê, que se chamava lucas, nos explicou que, se a gente quisesse, tinha que pagar um quarto e mais o cachê dele, que era oitenta reais, mas que os outros cobravam cem, e o roberto disse que sim, tudo bem, mas que ele esperasse um pouco, porque queria olhar os outros putos, e a gente desceu e foi até as saunas, tinham duas, uma seca, em que um velho recebia massagem de um fortão de rabo de cavalo, e uma molhada, que tinha vapor, e tava cheia, só tinha gente velha, e eu vi um cara que já foi meu professor, fingi que não conhecia, ele também fingiu, que bom, nem sei como vi a cara dele, porque era muito vapor naquela sauna, pra todos os lados eu só via vapor, só consegui ver dois garotos de programa pelados, sem pelo, musculosos, com a pica sempre dura, e vários senhores que não deviam ter pra quem dar, pagando pra conseguir, e quando a gente viu, esse lucas tava vindo atrás da gente, insistindo pra gente fazer uma sacanagem, nas palavras dele, e então o roberto concordou em pagar, e a gente foi pro quarto e primeiro eu dei pro roberto, apesar de que tava bem mais interessado no lucas, o roberto era bem mais ou menos, pior do que parecia nas fotos do aplicativo, mas tudo bem, ele era uma pessoa legal, já o michê tinha o maior pau que eu já vi, só sentar nele já me fez quase gozar, me fez gemer que nem putinho, o roberto gozou só pelo meu gemido, e esse menino lucas, que era feio que dói, tava sorrindo o tempo todo, mas aconteceu rápido, ele não ficou muito tempo com a gente, nem gozou, talvez nem tivesse nenhum tesão, mesmo que eu fosse bem mais aceitável que a maioria dos velhos que pagam pra dar pra ele, pode ser que ele tivesse que guardar o gozo pros próximos clientes, dá pra entender, mas quando a gente saiu do quarto ele parou de nos dar atenção, e olha que no fim levou cem pila do roberto, eu e ele ficamos passeando pelos ambientes, volta e meia pra fumar um cigarro, depois voltar pras saunas e ficar observando, acho que o legal era observar, dava pra passar de novo e de novo no corredor e ver aqueles homens, uns negros, outros brancos, de cueca da calvin klein, só de toalha branca, sem nada, um com o corpo mais gostoso que o outro, uns só com uma pica bonita mesmo, e a gente foi pro terraço tomar cerveja, que o roberto que tava me pagando, e fumar os cigarros que eram dele também, e eu acho que nessas conversas a gente ficou amigos, descobriu um no outro um senso de deslumbramento com o que a gente tava fazendo, pegando um uber na maior chuva do ano pra ir numa sauna, ele disse que era quase uma experiência antropológica, que só fez uma vez muitos anos antes, mas que nem lembrava, que dessa vez era diferente, a gente não tava confortável, mas tava se ardendo de tesão caminhando pelos corredores, conscientes mas reféns do nosso desejo, e ele disse que me achou inteligente, que não esperava que eu fosse ser tão parceiro, fiquei sabendo que ele era bem-sucedido na frança, pensei que poderia ser legal conhecer ele em outro contexto, em que ele não tivesse pagando tudo, em que a gente não estivesse num bordel, só sei que nisso apareceu outro boy, o garoto de programa mais lindo que existia em porto alegre veio sentar do nosso lado, um diabo de cabelo preto, a pele bem branca sem nenhum pelo e um piercing minúsculo no nariz, só uma pedrinha, e ele tinha sotaque carioca, era do espírito santo, na verdade, tinha várias tatuagens, mas parecia pelo rosto dele que ele devia passar por alguns problemas, apesar de ser bonito, e também logo que chegou mostrou o pau, sorrindo, e não era tão grande quanto o do lucas mas também era enorme, o nome dele era rafael, e disse que o irmão ia chegar em seguida lá do espírito santo, ia trabalhar junto com ele, mas não conseguia achar o endereço, depois ele saiu pra falar no telefone com o irmão e gritou, tava preocupado que o irmão tava perdido, parecia um dia ruim, mas nessa hora o roberto disse que a gente tinha que chamar ele pro quarto, e eu disse que sim, por favor, queria que esse puto fosse meu namorado, mas perguntei se não era muito caro, e ele disse que não tinha problema porque recebia em euros, e olha que o guri queria que fosse cento e cinquenta, mas deu pra negociar, fomos pro quarto com o garoto de programa e eu comecei a chupar ele, o guri segurou a minha cabeça com tanta força que rasgou minha boca, na hora eu vi sangue e achei que tivesse machucado ele, mas ele que me machucou, depois eu fiz os dois tirarem par ou ímpar pra ver quem ia me comer primeiro, e o garoto de programa ganhou, mas eu já tava dolorido, e o guri era meio agressivo, não consegui aproveitar, melhorou depois, quando dei pro roberto enquanto chupava o rafael, gozei de novo, só de olhar praquele menino lindo com aquela pele macia com cheiro de sabonete já dava pra me fazer gozar, e ele foi embora, atrás do irmão, eu e o roberto fomos fumar um último cigarro, e na hora de descer teve mais vários que se ofereceram pra gente, diziam que tinham leite pros dois, e ainda sobrou vontade, mas tava na hora de ir embora, e a nossa conta devia estar quase em quinhentos reais, antes de ir a gente deu mais uma olhada pelas salas, excitados só de ver aqueles corpos, imaginar de onde cada um veio, ver tanta gente pelada junta e gostando, todo mundo se olhando sabendo que tavam ali só pra fuder, tanta pica pra todos os lados que não dava pra ver mais nada

Jung

Entraram na sala em silêncio, como não soubessem o que resultaria.

O terapeuta ficou calado. Estava tão tenso quanto Augusto. Nenhum dos dois queria transparecer nervosismo.

Augusto mantinha o rosto tenso, como se estivesse impaciente, entediado, de antemão furioso, mas ao mesmo tempo confiante, exatamente.

A mãe de Augusto veio com um ar sereno, seguro, as palavras decoradas, o cabelo preso em um rabo de cavalo, calça de cintura alta e um sorriso pela metade, constante, provocativo. Ela estava lá após muito ter insistido na própria vinda, depois de Augusto hesitar bastante, discutindo com o terapeuta sobre o que resultaria do encontro. Os dois ensaiaram a conversa, imaginando cada reação da mãe. Propuseram um ao outro réplicas a eventuais respostas; conjeturaram os movimentos de seu rosto, suas reações, possíveis jogos de palavras e viradas argumentativas, dominadas por ela muito bem; inventaram soluções, saídas, fins, dando um roteiro a toda a conversa, que se daria com a condução deles e terminaria em admissão, catarse e recomeço.

Por mau cálculo ou mesmo ingenuidade, o que aconteceu foi superioridade total da mãe, que rechaçou todo tipo de acusação desde o início, mesmo que a abordagem dos dois fosse a mais cuidadosa possível.

Tu tem que entender que eu fui mãe solteira, tendo que criar um filho que não era fácil. Era só eu. Trabalhando, indo no super, fazendo coisas de mãe. Todo mundo me criticando, me falando o que fazer, me pondo pressão. Criar um filho, ter toda essa responsabilidade, ter que responder por isso. Parece fácil? Queiram estar na minha pele.

Augusto tentou não desviar o foco. A conversa era pra acabar com todos os assuntos ainda não resolvidos. Admissão, sexualidade, namoro, casamento, beijos. Que sua mãe saísse do consultório habituada com a ideia de ter um genro no futuro, mesmo que Augusto não soubesse quando isso aconteceria. Queria que fosse logo, e que, quando o apresentasse a sua mãe, não tivesse problemas.

Por que precisa beijar? Pra que beijar? Se tu quer chocar, Augusto, eu já te aviso. Não precisa. Vocês adolescentes fazem tudo com esse intuito. É pra escandalizar todo mundo? Pensa na tua vó. Nem dorme direito quando sabe que tu vai sair de madrugada. Imagina se soubesse. Aí que não dormia mesmo. Vai pensar que, não sei, que tu está com alguém mais velho ou coisa pior; se preocupa, eu também me preocupo. Mas tu acha que não, que eu sou uma velha, que mãe não se preocupa com nada, imagina, que eu durmo tranquila pensando, que é bem fácil, vocês jovens acham que tudo é fácil, espera pra ver quando tu tiver filho.

E o terapeuta tentava falar de um jeito neutro, mas que ao mesmo tempo trouxesse aos ouvidos da mãe um pouco do que pensava Augusto: Já parou pra pensar que talvez teu filho só queira o teu respeito? Nem é se mostrar, o que ele quer. É só uma vida tranquila em que ele seja respeitado.

Mas assim, desse jeito? Porque a questão é: por quem vai ser respeitado? O que eu me preocupo não é com o preconceito meu. É com o dos outros. O que vão falar? Os meus vizinhos, eu já vejo comentando. (E como não vão comentar?) Os amigos dele, então, nem se fala. Se depois muda de ideia, as meninas todas vão ficar desconfiadas. Eu também sou psicóloga, caso tu não saiba. Eu atendia uma menina que vinha me dizer que estava muito apaixonada por outra. Todos os dias me falava da namorada, que estava perdida em amor, era a mulher da vida dela. E sabe o que aconteceu? Depois veio me dizer que não era sapatona, que nunca tinha sido, que gostava mesmo era de homem. Isso pode muito ser uma confusão do momento, que outra hora passa.

E tu acha mesmo, como psicóloga, que é assim que funciona?

Tu não acha?

Não.

Tem uma geração que veio depois de mim que tem essa linha mesmo. Parece que Freud saiu de moda. Mas tem uma explicação. Tudo tem.

Mesmo que tenha, talvez seja o momento de conversar com o teu filho.

E tu acha que foi fácil pra mim? Eu criei Augusto sozinha. O pai dele foi embora quando o guri não tinha nem um ano. Me virei pra trabalhar, pra dar comida, colégio bom, e acho que ele é um guri inteligente, tenho orgulho, ele vai bem no colégio. Mas é foda, sabe. Saber que o filhinho que tu amamentou, viu nascer, olhou nos olhinhos quando era recém-nascido, meu cabeçudinho querido que amava a mãe e me chamava quando eu deixava ele na creche, chorava até a hora de eu voltar, saber que ele dá o cu.

Augusto, atordoado, continuou sem dizer nada.

Ou come cu, disse o terapeuta.

99

Ele disse, "Não era pra eu ter feito isso de novo".
Eu disse, "Não tem problema. Sério. Não queria que tu pensasse que tinha, porque pra mim não tem. Desculpa ter falado aquilo".
"Falado o quê."
"*'Que dificuldade.'*"
"É, aquilo foi bem escroto mesmo."
Eu disse, "Não quero que tu pense que eu me importo que o nosso sexo seja assim".
"Seja assim como?"
"A gente já transou quatro vezes. Não teve penetração em nenhuma."
"Do jeito que tu tá falando não parece que tu não te importa."

"Não é isso o que eu quis dizer."

Durante a conversa, ele se deitou em cima de mim. Pelávamos na cama. As luzes estavam apagadas a não ser por um fio de fibra ótica preso à parede. Quando ele encaixou a cabeça no meu ombro, junto à cama, fixei o olhar nas luzes da fibra ótica. Pisquei algumas vezes. Podia ouvir nossos corações batendo, primeiro um depois o outro.

Ele disse, "Queria te falar uma coisa, mas não sei se eu devo".

"Também não sei. Fala."

"Eu acho que tô gostando de ficar contigo. Não queria que isso ficasse estranho entre nós."

E silêncio, pra que as palavras ecoassem. Havíamos virado agora de lado, com os corpos ainda entrelaçados. Respiramos, nos olhamos, sorrimos, não por estarmos felizes, ou pelo menos não sei ele, eu sorri porque queria estar longe dali, longe de dentro do meu corpo, não mais nu, na beira da cama, em contato próximo com tanta coisa. Da janela, escutamos o caminhão de lixo que passava na rua, o barulho da máquina elevando o contêiner, derrubando na caçamba os sacos de plástico, o vidro quebrando, uma sirene leve avisando sobre a operação. De quando o caminhão de lixo se foi, entrou um vento deslizando pelos nossos corpos, minha perna em cima da perna dele.

Ele disse, "No que tu tá pensando".

"No que *tu* tá pensando."

Se desentrelaçou de mim. "Queria que a gente continuasse se vendo, saindo, mesmo sem —"

"Sem sexo."

"Não sei por que as pessoas se cobram tanto."

"Mas se tu quer sair comigo sem sexo, tu quer só um amigo."

"Não, eu quero mais que um amigo."

"Mais o quê?"

"Não sei."

Talvez ele nem tivesse notado que eu queria ir pra casa.

Seria bom se eu falasse.

Botasse pra fora.

Mesmo que o problema nem fosse ele.

Esperei alguns minutos. Botei meu rosto debaixo dos braços, de bruços, e disse, "Não é que eu me importo de tu brochar. Eu sei que é nervosismo. Não acho que é porque tu não tenha tesão".

"E."

"E isso de tu falar que tá gostando de mim, não sei bem como receber a informação. Não sei responder quando alguém me diz algo assim. Não sei se quero, não sei nem se existo nesse mundo. E não é fácil dizer isso em voz alta."

O ar se revolvia no quarto, os corpos agora colados de novo, ele fazendo carinho incessante com o pé no meu, que não respondia. Por mais alguns minutos, não dissemos nada.

Até que ele disse, "Ah, não".

"O quê."

"Vamos tentar de novo. Desculpa, eu sei que hoje foi um dia estranho. Mas te permite. Eu gosto de ti."

As palavras me feriram e me aqueceram, me deixaram com vontade de cobrir ele de socos, ou cafunés, ou apenas enfiar minha cabeça mais fundo nos travesseiros.

"Não. Acho que vou pra casa."

E enquanto pegava o celular pra chamar o 99, pensei que não era a primeira vez que as coisas terminavam antes de começarem.

Cassino Royale

Éramos eu e meu primo. Eu tinha onze anos. Doze, talvez. Não era bem primo. Era primo do meu meio-irmão. Mas era como se fosse meu primo. Passamos a infância toda brincando. Soltávamos pipa, jogávamos futebol e videogame, ele dormia na minha casa. Às vezes eu me enfurecia. Já bati nele. Bati até ele ficar roxo na cara. Meus pais chamaram os pais dele, e o constrangimento foi tanto que as famílias pararam de se falar por um tempo. Mas no fim das contas, a gente não conseguia ficar separados. Ele era mais arteiro que eu. Entrava em lugares escuros na minha casa aonde eu tinha medo de ir. Gostava de subir em árvores e se atirar do mais alto possível. Dava um jeito de sempre quebrar uma parte do corpo. Cada vez que nos víamos, era um novo membro enfaixado. Era moreno e muito mais alto que eu. Os olhos eram pretos. O sorriso era sempre.

Dormi na casa dele um dia, e a mãe dele nos alugou *Cassino Royale*. Éramos eu e meu primo, pouco depois das dez da noite.

Botamos o DVD pra rodar e fomos pra debaixo das cobertas. A mãe dele nos desejou boa noite.

Até hoje não sei dizer se o filme era bom. Com tão poucos anos, me pareceu chato.

Não estávamos interessados. Ele queria falar sobre punheta.

Era um ano mais novo do que eu. Ou alguns meses.

Eu sabia mais do que ele sobre sexo. Ouvia os guris falando na escola.

É muito bom, ele disse.

E, há muito ignorando o filme, mostrou como fazia.

Era diferente de mim, que usava a mão inteira. Meu primo usava só o polegar e o indicador, como se fizesse um sinal de Ok. Tentei imitar ele, e não achei ruim.

Eu tinha poucos anos, e queria que a gente se beijasse.

Batemos punheta por algum tempo. Brincadeira de guris.

Pedi pra trocar de lugar com ele. Ele estava na cama; eu, em um colchão no piso. Achei que ele poderia me ver melhor se olhasse pra cima.

Trocamos. Fiquei de pau duro e fingi que estava dormindo. Não sei por quê. Queria ver como ele ia reagir.

Eu não sabia se a mãe dele surgiria pra ver como estávamos, mas continuei assim. De pau duro e de olhos fechados.

Ele não fez nada. Não sei se viu. Talvez ele só quisesse bater punheta porque era guri e estava com um amigo. Um primo.

Não lembro como aconteceu de dormirmos. Me lembrei da história algumas vezes ao longo dos anos, cada vez menos clara na minha mente. Dez anos depois, encontrei a mãe dele em uma festa de família, e ela falou sobre como nós dois estávamos sempre brigando quando pequenos. Falei que mesmo assim nos gostávamos muito, e ela me olhou fixo por algum tempo, um pouco incomodada, como se eu tivesse dito algo que ela não queria ouvir. Me ocorreu que talvez ela tivesse visto o que havia acontecido, mas nunca soube ao certo.

O breu

O pai de cinquenta anos chegou em casa e encontrou um pênis de borracha na sala.

Estava jogado no carpete perto do sofá, ainda um pouco melado de lubrificante. Era preto como o breu da noite, o pior dos pesadelos. Era grande e grosso, mais do que qualquer pênis que o pai já havia visto em vestiários masculinos. Não vibrava. Tinha bolas.

Não soube o que fazer. Por um momento, fugiu dali. Foi à cozinha e mexeu rispidamente seu café com leite, os olhos vidrados no que quer que fosse. Mordeu a mão. Jogou todo o leite na pia. Voltou para a sala.

Era sua filha, só podia ser.

A menina tinha recém-feitos dezesseis. Uma ninfetinha, diria algum amigo seu. Recém havia começado a namorar um rapaz mais velho.

Não podia ser. Sua filha não. Não transava, a guria.

Quis pensar que não, ao menos. Por que teria sua filha deixado um pênis de borracha no meio da sala, à vista de todos? O teria esquecido? Poderia ser uma brincadeira de alguma amiga sua que tivesse vindo mais cedo? Sim, uma típica brincadeira adolescente entre amigas.

Ou era mesmo um pênis de borracha?

Talvez ele tivesse se confundido. Não quis chegar mais perto para verificar.

Não, não era verdade.

O fato era que, àquela hora, ninguém da família havia voltado da rua. Poderia sua filha ter trazido o namorado enquanto não havia ninguém em casa?

Não, ela não era dada a isso. O pai sabia bem. Estudiosa, a filha. Meninas não gostam de sexo. Mas um namoradinho filho de uma puta bem que poderia ter convencido a pobrezinha de enfiar aquela enorme aberração dentro dela. Sim, tinha sido o namorado.

Precisava falar com a mulher. Ela saberia o que fazer.

Pegou o telefone.

Deteve-se.

A mulher. Eles dois não transavam havia dois meses e meio. Na última vez, havia sido no Natal. A mulher fingiu o gozo, disso tinha certeza. Sabia quando ela fingia. Achava que sabia.

A mulher tinha que se satisfazer com um pau de látex do tamanho de um antebraço, ora veja.

Não, essas especulações estão muito longe desse mundo de cá. É só um pênis, pensou. Um pênis no chão da sala, esquecido. Não parecia tão amado assim.

Será que a mulher o traía?

Sim. Algum filho da puta tinha vindo com um pênis de borracha e havia fudido a mulher inteira, inclusive com *aquilo*.

Será que o homem era algum amigo dele? Ele estava sendo duplamente traído? Pior: a mulher amaria o amante?

Por que diabos ela não estava satisfeita com o pau do marido? Era de tamanho razoável, hemos de convir.

Teve um bom pensamento: o filho da puta que havia estado na sala possivelmente nem sabia comer uma mulher. Precisava de um pênis de borracha. O pai riu sonoramente.

Abriu uma garrafa de vinho, passando pela sala e cuidando para não olhar para o caralhão. Tirou a rolha e serviu um copo transbordando. A cor do vinho era escura ali na penumbra. O fez pensar em coisas terríveis.

Havia um pênis negro como a noite em uma casa, e na casa havia só duas mulheres.

Só podia ser uma delas.

Porque se não fossem elas.

O filho.

Sim. Naquele momento, aquele pai, conservador, funcionário público, católico e míope, pensou no seu filho sendo dono daquele pauzão. Pensou no menino de quinze anos, que nunca tinha tido namorada, na sala com tal instrumento.

Se divertindo com uma rola. Querendo um macho para ficar satisfeito.

E a educação que havia recebido? Anos de escola e todo o tipo de atividade extracurricular. Não era para acabar assim.

Seria uma fase?

Bom que fosse. Pederastas e sodomitas não tinham lugar naquela casa.

Rezou para que fosse a filha. Não, a filha não. Muito menos a mulher.

Jogou o copo de vinho na parede. Respingou no pau de borracha.

Foi ao banheiro correndo. Vomitou. Deitou na cama.

A filha, a mulher, o filho. Um deles havia usado um pênis de borracha, e nem havia se dado ao trabalho de escondê-lo.

Não soube como agir. Precisava, naquele momento de angústia, de algo para acalmá-lo. Logo sua família chegaria em casa e encontraria o vinho pingando da parede, o pai em um estado miserável e o caralho de látex ainda no chão. Não conseguia se decidir se preferia saber a verdade sobre quem era o dono ou se queria fingir estar às cegas.

E quando mais pensava na jeba negra, mais decidido ficava. Vários desejos e angústias o acometeram ao mesmo tempo, vários centímetros de puro absurdo.

Sim.

Não falaria nada. O segredo ficaria consigo.

Preferiu o breu.

Guion

Sérgio foi ao cinema porque queria passar menos tempo em casa. Saiu do trabalho e foi direto ao Guion, como vinha fazendo quase todos os dias. Pensou em comprar o passaporte que dava acesso ilimitado aos filmes por um semestre, que àquela altura valeria a pena.

Sérgio morava sozinho, mas Luiz Henrique passava as noites com ele. Por sorte ele vai ver os pais no interior nos fins de semana, Sérgio chegou a pensar. De segunda a sexta, Luiz Henrique estava presente.

Sérgio ia ao cinema para gastar tempo. Mentia que a jornada no trabalho havia aumentado duas horas. Se ficasse em casa, tinha medo de Luiz Henrique (que tinha a chave) chegar sem avisar e descobrir a mentira.

(O magnetismo entre eles, que no começo era intenso, parecia agora mal existir. Ambos vinham do interior do Rio Grande do Sul, tinham pais que não sabiam do relacionamento, e nunca haviam namorado antes de se conhecerem. Como Luiz Henrique dividia o quarto em uma pensão, o namoro havia florescido no apartamento de Sérgio, alugado por seus pais. Após o primeiro semestre na universidade, em que ambos estavam encantados por Porto Alegre, por estar livres, sem a família, em uma cidade que não sabia seus nomes, começaram a namorar.)

Começou aos poucos, com uma inédita preguiça de se levantar, e foi se desenvolvendo, primeiro em um sentimento de asco quando via seus amigos, depois asco quando via Luiz Henrique, e depois em não conseguir sair da cama. Mandou mensagem para a chefe pedindo uma semana de folga, disse que recompensaria no fim do ano. Nem olhou a resposta. Faltou a uma semana de aula.

Pediu que Luiz Henrique não viesse mais, sentindo indiferença em vez de asco.

Luiz Henrique entrou na casa de Sérgio no quarto dia em que não via mais o namorado online no WhatsApp e o descobriu deitado na cama, com cheiro de quem não tomava banho havia dias, os pés apoiados na parede, sacos de salgadinho, embalagens de chocolate e cascas de banana ao chão. Olha, Sérgio, eu não sei bem o que fiz, mas acho que deu de tu me ignorar, a gente é adulto, porra, tu não vai ficar se vitimizando em casa pra sempre.

Sérgio, apesar de ouvir, não assimilou nada.

Luiz Henrique, irritado, arrumou a casa. Limpou o banheiro, lavou a louça, abriu as persianas e fez Sérgio sair da cama para que pudesse trocar os lençóis.

Bom, Sérgio, se tu tá triste, tem que sair de casa. Não pode ficar com essa *atitude*. Que que te deu pra não ir pro trabalho? Não foi pra aula também? Tu tá louco, guri. Vai perder o emprego. Levanta. Vamos tomar um banho. Se tu nem começar o dia, não adianta reclamar. E se eu te fiz alguma coisa, tu me desculpa, mas acho que não fiz é nada.

E ainda: — Responde, guri.

— Vai ficar assim emburrado? e

— Bom, se tu nem sabe o que eu fiz, nem vai ter a dignidade de ir pro banho, vou embora.

Sérgio só voltaria a se sentir disposto uma semana depois, após a síndica do prédio vir, a pedido de seus pais, ver se ele estava bem, uma vez que o telefone estava sempre desligado. A muito custo, conseguiu voltar às aulas e ao trabalho, em um momento em que sua chefe já pensava em um substituto para ele. No dia de sua volta, deixou que os colegas fizessem o grosso do trabalho.

Aos poucos, assim como havia piorado, ficou estável. Não que estivesse radiante, mas pelo menos conseguia seguir sua rotina.

Sabia que tinha que voltar a falar com Luiz Henrique.

(Se viam de segunda a sexta. Sérgio dependia da habilidade de Luiz Henrique na cozinha, e nenhum deles tinha muitos amigos. Eram tímidos; cursavam engenharia, elétrica e química; poucas pessoas na faculdade sabiam que namoravam; mantinham um perfil discreto, mais por causa de Luiz Henrique, que tinha medo de que os pais soubessem do namoro, de algum modo, mesmo estando a centenas de quilômetros de distância.)

Foi então que Sérgio decidiu por ir ao cinema. Se não podia parar de ver Luiz Henrique, quis fazer com que se vissem menos.

Voltaram a se encontrar, ignorando o que havia acontecido. Luiz Henrique fez questão de deixar claro que estava com uma atitude positiva em relação ao namoro, e procurou caprichar na cozinha. Um dia, falou sobre os dois morarem juntos de verdade, como faria bem, Sérgio, acho que a gente já chegou nesse nível de intimidade. Sérgio não disse nada. Depois da janta e do Netflix, esperou que chegasse perto da meia-noite e levantou para arrumar as coisas de Luiz Henrique. Quis mostrar que não queria que ele dormisse na sua casa.

Tudo bem, Sérgio, amanhã a gente conversa melhor.

Na verdade, Sérgio não achava que haviam chegado a um nível alto de intimidade.

É claro, passavam muito tempo um com o outro. Falavam mais que nada da faculdade, do trabalho, da vida no interior, das séries de tevê. Tomavam banho juntos eventualmente, mas não eram o tipo de casal que andava em casa sem roupa. Depois de três anos de namoro, a frequência das transas diminuiu. Se antes era uma vez por dia, às vezes mais, passou a ser três por semana, depois duas e, após a crise de Sérgio, quase nunca. O sexo era feito com uma sensação de que precisavam fazer, mas não queriam, não queriam um ao outro além do necessário, nem experimentavam posições diferentes, preferiam que o sexo fosse rápido e seguro.

Não tocavam no assunto.

Intimidade, pensou Sérgio. Ele não sabe nada sobre mim.

E de fato, Sérgio havia escondido algumas coisas. Luiz Henrique nunca soube que Sérgio não era virgem quando começaram a namorar, e que, quando chegou à capital, resolveu experimentar coisas que não existiam em Santa Rosa.

Sérgio ia, desde logo que chegou a Porto Alegre e se viu sozinho em um apartamento da Cidade Baixa, com a cidade a desbravar, à Redenção. Lá, passou a reparar nos homens que passavam. No ponto e no horário certos, homens iam ao parque. Normalmente eram mais velhos. Passavam fazendo gestos, alguns com a mão na virilha, arqueavam as sobrancelhas para Sérgio, e Sérgio os seguia até uma moita ou a um banheiro público, onde não pudessem ser vistos. Nas primeiras vezes, seu coração acelerava tanto que mal conseguia se concentrar. Depois de ir sempre ao mesmo ponto procurar por esses homens na hora do almoço, entre as aulas e a livraria, Sérgio reparou que havia se esquecido de como era o rosto do primeiro com quem havia se encontrado. Já era costume. Quanto mais ia à Redenção, menos graça via, menos a respiração acelerava e menos subterrânea toda a experiência lhe parecia.

Mas continuou a ir. Senão, tentava shoppings, banheiros de outros lugares. Experimentava novos gestos. Queria complicar a logística para gozar, primeiro encontrando alguém e depois combinando em um lugar próximo, onde mais arriscado fosse.

Baixou todos os aplicativos. Nos fins de semana, quando não tinha o que fazer, chamava alguém para vir ao seu apartamento. Mandava embora quando gozava.

Depois que conheceu Luiz Henrique, parou. Durante os primeiros meses, estavam descobrindo tantas afinidades que parecia que o que os dois tinham duraria para sempre. Mas provou-se não ser o bastante. O vazio que Sérgio sentia — que havia sentido desde que era uma criança no interior do estado, incapaz de conversar com ninguém em seus momentos de aflição —, aquele vazio continuava.

E Luiz Henrique não sabia.

Saindo do cinema, ocorreu a Sérgio que o namorado nunca tinha mexido no seu celular, nunca tinha dito nada que mostrasse receio em relação a sua fidelidade. Provavelmente transariam essa noite. Já fazia tempo.

Sérgio traiu Luiz Henrique apenas uma vez. Sedento por qualquer coisa que o tirasse do marasmo, voltou a ir à Redenção.

Conheceu um homem mais velho, que apesar de fazer os habituais gestos de quem vai ao Parque à procura de meninos da idade de Sérgio, sugeriu que fossem para sua casa. Sérgio foi.

O apartamento estava a poucas quadras. Ficava em um pequeno prédio de três andares no Bom Fim, daqueles em que cada andar é dividido no que parecem centenas de apartamentos. Sérgio seguiu o homem calvo e sério pelos corredores. O homem girou a chave e deixou ele entrar.

O apartamento fedia a nudez. Da entrada, se via uma sala poeirenta com camisinhas espalhadas pelo chão. Em um canto, consolos estavam em um cesto sujo. Bem no meio da sala, havia um balanço, ou algo parecido com um balanço, de couro preto e correntes prateadas. Nas paredes, espuma. Muita espuma, como nos estúdios de música, isolando o som.

Luiz Henrique estava longe, sabe-se lá onde, e nunca escutaria Sérgio, que disse:

Olha só.

Diga.

Eu tenho que ir, na real.

Agora?

Desculpa, esqueci que tinha que estar no trabalho.

Agora?

Sim.

Tu não pode sair agora, guri. Logo quando a gente ia se divertir.

Eu tenho que ir.
Fica, não vai durar muito.
Moço, escuta só. Eu vou embora.
Tu ia gostar de brincar comigo.
Moço, abre pra mim.
Tem certeza?
Tenho.
Mas tu não vai a lugar nenhum.

Meses depois, depois de ter noites de insônia e dias de sono, tendo estado desconfortável com o próprio corpo, enquanto caminhava pela Cidade Baixa, ou ia ao trabalho, ou à UFRGS, ou ao Guion, a ver filmes que não queria ver, ou quando estava com o namorado, depois de andar sempre alerta, aonde quer que fosse, tendo raiva de si mesmo por não conseguir gritar nem chorar, Sérgio chegou em casa e encontrou Luiz Henrique pelado no meio da sala, segurando um pau de borracha ainda dentro da embalagem. Hoje eu quero te fazer mal, ele disse.

Elza

Começou a roubar não porque precisava.

Aos vinte, seu interesse por literatura teve um salto. Queria conhecer mais livros de Auster, Franzen e Pynchon, mesmo que já houvesse lido alguma das obras desses autores sem gostar. O prazer de ter um livro novo em mãos — comprado ou roubado — comparava-se ao de ler. Tinha dinheiro: os pais viviam bem e lhe davam uma boa mesada. Mesmo assim, ao final do mês, comprava tantos livros que não sobrava.

O primeiro furto foi um plano bem executado.

A livraria, a cinco quadras de casa, tinha aspecto antigo. Os livros, um tanto empoeirados, eram expostos em várias estantes dentro de um grande salão. Nas prateleiras, ficavam os clássicos. Nas mesas, os de maior apelo. Não havia câmeras. Somente um ou dois vendedores, responsáveis pelo caixa e por buscar os livros no estoque, verificar preços e arrumar as prateleiras.

Entrou pela porta da livraria e foi em direção à seção de promoções. Mapeou o salão. De um lado, ficava o balcão de vendas. Ali perto, uma seção de autores estrangeiros. No lado oposto, os livros de filosofia, psicologia e literatura infantil.

Passou pelos dois vendedores, ocupados atendendo clientes. Eram irmãos. Os gestos e cortes de cabelo iguais acusavam o parentesco.

Buscou o livro que queria, tendo o cuidado de pegá-lo com outros dois quaisquer. Foi até a outra ponta da livraria e se agachou perto de uma mesa que expunha clássicos da sociologia. Olhou para os vendedores. Ocupados.

Fingindo que olhava as pilhas de livros de debaixo da mesa, pôs seu DeLillo dentro das calças e tapou o volume com o casaco que usava por cima.

Sentiu o ar ficar mais cálido. Suas pupilas logo aumentaram de tamanho, e teve uma tontura que o poderia ter denunciado se alguém estivesse prestando mais atenção. Deixou os outros livros no lugar, caminhou com cuidado para que não se pudesse perceber o volume em suas calças e foi em direção à saída. Não foi notado.

Saindo da livraria, apressou o passo já na primeira esquina. Queria chegar logo em casa. Olhou para trás duas vezes.

Mal podia esperar para abrir o livro.

Só o tirou das calças quando estava sozinho no quarto.

O livro era novo, ainda dentro do plástico, que rasgou curtidamente. Folheou as páginas, apreciou o livro em suas mãos e o pôs na estante.

Alguns dias depois, passou de novo pela livraria. Algo o pulsava para entrar.

Era fácil demais. Ninguém o via. Os donos confiavam na vizinhança.

Dessa vez, não avistou ninguém, nem atrás do balcão nem organizando as estantes. Agachou-se e pôs um Knausgård nas calças. Quando se levantou, viu um dos atendentes vindo do fundo da livraria em direção ao balcão. Foi até a saída.

Contou aos amigos sobre os furtos. Inicialmente, teve vergonha e medo do julgamento, mas os amigos gostaram da história, pediram detalhes sobre a livraria, falaram sobre a moralidade excessiva ensinada desde a infância, o incentivaram a voltar.

Voltou.

Havia uma meia dúzia de pessoas na livraria. Alguns jovens procurando livros acadêmicos, uma senhora sendo atendida no balcão e uma criança com a mãe. Avistou um Vargas Llosa que já estava em sua lista de desejos havia tempo, mas os jovens estavam numa parte do corredor em que o veriam. Esperou que saíssem e pegou o livro para folhear. Checou os vendedores no balcão. No mesmo momento, um deles estava olhando para ele, mas logo rompeu o contato visual.

Foi até a mesa de clássicos da sociologia, ao fundo da loja, e se agachou. O Vargas Llosa era grosso e difícil de enfiar na cueca. Teria que se equilibrar para não deixar o livro cair.

Quando se levantou, um atendente caminhava em sua direção.

"Posso ajudar?"

Não sabia o que responder.

Precisava sair dali.

Prendendo a respiração, disse:

"Só olhando mesmo."

"Te interessa por sociologia?"

"Sim."

"Por quais pensadores?"

"Vários."

A voz saía fraca. Não olhava no rosto do vendedor.

"Sempre vem aqui ver os livros de sociologia?"

"Às vezes."

"E tá escondendo um livro agora mesmo, não tá?"

"Não", disse, e deu a volta na mesa para chegar à saída.

"Germano", disse o vendedor, "é ele."

Germano, seu irmão, veio correndo, deixando os clientes, que agora olhavam atônitos.

Antes que pudesse chegar à porta, Germano o levantou pela gola da camisa. Arrancou o livro de dentro de suas calças e o olhou de perto.

Havia em Germano uma fúria prestes a explodir, uma fúria incrédula, louca por fazer justiça na frente de todo mundo. "Filhodaputa riquinho de merda", disse, julgando pelas roupas.

Ainda pendurado pelo cangote, se quedou hipnotizado por estar assim exposto; por ter tanta gente em volta olhando para ele, o ladrão; por ter sido pego; por estar com o coração batendo acelerado e por ter Germano com o rosto colado ao seu.

Germano tinha pequenas rugas em volta dos olhos.

"Deixa eu ir embora", disse, baixinho.

E Germano, respirando pela boca e arqueando as sobrancelhas, olhou mais de perto. Viu o rosto assustado não só pela situação, as bainhas dobradas das calças, o olhar familiar. Viu-se, compreendendo várias coisas ao mesmo tempo.

Deixou.

The Biggest Lie

Não gosto de domingos.

Não sei como isso surgiu. Há quem diga que é besteira e que domingo é como os outros dias. Mas há os que, como eu, chegam ao fim do fim de semana e lembram que segunda levantam cedo e que só vão ter paz dali a muito tempo. Que a vida vai se repetir desse jeito até chegar a aposentadoria, quando todos os dias vão ser iguais.

Hoje é terça, mas estou sofrendo como se fosse domingo.

É terça de carnaval, e não trabalho amanhã, mas é domingo.

Um guri dormiu aqui ontem. Um guri que eu conheci no Grindr. No perfil, dizia que era discreto e não assumido. Pedia sigilo.

Depois de conversar um pouco, perguntou se podia dormir aqui. Precisava dar uma desculpa plausível pro irmão que morava com ele, que não sabia que ele sairia de casa pra fuder. Se chamava Gustavo, e eu disse pro Gustavo que tudo bem.

Não sei nem por quê.

Eu tenho amigos heterossexuais que nutrem uma inveja enorme da facilidade que gays têm pra transar. Eles precisam, sempre que querem transar, conseguir um número de WhatsApp, marcar um encontro e pensar num café legal pra ir. Ao chegar lá, precisam pensar em quatro ou cinco tópicos que podem ser úteis caso chegue um momento em que haja silêncios. Além disso, precisam organizar estratégias logísticas que sejam convenientes o suficiente pra que as gurias topem o sexo depois. Senão, precisam fazer tudo de novo.

Deve ser trabalhoso e custar dinheiro.

Mas eles acabam, mesmo que por obrigação, criando vínculos. Eu não crio vínculos.

Transei ontem com esse guri que nem assumido é. Já se sabia desde o início que essa história nunca ia dar em nada. Aquilo de o sexo ser bom e dar vontade de repetir e finalmente encontrar um cara pra ter um namoro duradouro, apresentar pros pais e viver o sonho ameriqueer, nada disso ia acontecer com o Gustavo.

Botei agora pra tocar o segundo disco do Elliott Smith. Ninguém conhece Elliott Smith. E quem conhece, nunca escuta esse disco. Mas ele esteve comigo em muitos momentos importantes, me convencendo de que ia ficar tudo bem.

Cada dia eu duvido mais um pouquinho.

O Gustavo chegou aqui pelas onze. Mentiu pro irmão que ia dormir na casa de um amigo. Me cumprimentou com um aperto de mão. Conversamos um pouco, eu levei ele pro meu quarto e nos beijamos. Do que aconteceu, estabeleceu-se que seria ele que ia dar pra mim.

Ele estava mais à vontade do que eu imaginaria. Em um momento, quando tive um espasmo de consciência, me descolando do sexo pra olhar pra ele, parecia que ele estava tão conectado que perdia a noção do tempo, do que estava fazendo, de quem era. Devia ser um dos poucos momentos em que podia ser quem quisesse. Não vi motivos pra não deixar ele ter aquele momento tão dele.

Dormimos juntos, abraçados. Ele disse que podia dormir na sala se eu quisesse. Não queria atrapalhar o meu sono. Eu disse que não, jura, que não tinha problema. Troquei de posição várias vezes durante a noite, acordando ele em todas. Não lembro de ter notado ele se mexendo nenhuma vez. Acordei de manhã com o Gustavo pressionando a bunda contra o meu pau. Transamos de novo. Ele deu um jeito de aquela transa, sem ter acordado direito, com o hálito da manhã e meu rosto ainda oleoso, ter sido boa. Gustavo não transava pior por ser enrustido.

Tomamos banho juntos, e perguntei se ele não tinha vontade de se assumir pra família. Ele disse que não, nem a pau, que não gostava de falar disso. Contou que seus pais não eram homofóbicos, mas que tampouco eram a favor de homossexuais, por serem religiosos. Não se pode mudar a crença das pessoas, ele disse.

Viu minha estante de livros e comentou que eu provavelmente lia bastante.

Engraçado tu estar no Grindr, ele disse.

Por quê?

Não sei. Quando eu falo com as pessoas lá, às vezes mal me respondem. Fico o dia inteiro nesse aplicativo só procurando uma fodinha. Mas não queria só fuder e ir pra casa. Queria alguém pra conversar, pra tocar, sentir a pele. Se eu não sou do tipo físico que o cara curte, já me ignoram. Me bloqueiam. E eu falo com todo mundo, respondo, sou educado.

Tinha o rosto descontente.

Se eu fosse um guri assumido, que nem tu, um guri bonito, inteligente, eu não estaria no Grindr. Por que tu não lê uns livros em vez de ficar lá? Por que tu não namora?

Não respondi. Nunca havia pensado nisso.

Ou melhor, nunca me tinha feito essas perguntas. Eram perguntas pras quais havia tantas respostas quanto perfis dentro de um aplicativo. Por que eu não namorava.

Porque eu me saboto, talvez.

Porque eu transo com caras com quem sei que nada vai se desenvolver.

Porque, quando eu vou a um encontro, me esforço o máximo pra encontrar defeitos nos outros, defeitos tranquilamente aceitáveis, equivalentes aos meus, e que a mim não me anulariam como pessoa, mas que anulam os outros aos meus olhos.

Deleta essa merda, ele disse antes de sair, e foi o que eu fiz. Deletei o aplicativo do meu celular logo após fechar a porta.

Depois que ele foi embora, eu não sabia mais o que fazer. Abri meu Tinder e conversei com uns caras. Era pra ser um aplicativo com gente que queria namorar, mas o único guri que me deu papo disse que buscava sexo. Respondi que estava atrás de algo sério.

Mas não sei se era verdade.

Talvez o Gustavo tivesse razão. O sexo fácil demais era apenas um tipo mais sofisticado de masturbação. Era um sexo comigo mesmo o que eu buscava. Não importava quem estivesse ali.

Resolvi que precisava sair pra alguma festa, beber, conhecer gente.

Chamei vários amigos pra irem comigo, mas nenhum deles quis sair na terça. Desisti da ideia.

Fui a um posto e comprei quatro cervejas em promoção, que ainda estavam meio quentes e não tinham gosto bom. Vi alguns episódios de *Please Like Me*, e fiquei triste ao saber que a série terminaria na quarta temporada pra nunca mais voltar. Botei o disco do Elliott Smith pra tocar e dormi antes que chegasse a última música.

A razão pela qual eu nasci

Eu estava dirigindo sem pressa: setenta, oitenta quilômetros por hora. A estrada era escura. Era madrugada.
De vez em quando, eu abria a janela pra sentir o vento no rosto. Cantava junto com o som do carro. Por causa da ocasião, botei meu disco preferido. Meu pé esquerdo tocava repetidamente o chão.
Faltavam quatrocentos quilômetros.
Depois de ouvir o disco duas vezes, minhas pálpebras começaram a falhar. Ignorei da primeira vez, mas me assustei na segunda. Pus o rádio no volume máximo pra não dormir e fiquei atento pra encontrar algum lugar pra parar. Apertava os olhos a cada vez que vinha um carro na direção contrária e a luz do farol passava por mim.

Parei em um posto. Estacionei o carro e fui pra loja de conveniência, que estava aberta e sem nenhum cliente. Meus olhos demoraram pra se acostumar à luz do lugar.

Comprei um café grande. Tentei tomar sem açúcar. Já me disseram que quem aprecia café de verdade toma puro.

O gosto era amargo. Coloquei açúcar.

Enquanto eu tomava meu café, uma moça entrou e pediu um refrigerante. Pegou dois canudos e caminhou na minha direção. Olhou pros lados procurando algum lugar pra sentar, ainda que todos os assentos estivessem vazios. Quando me avistou, perguntou se podia sentar comigo. Fiz que sim com a cabeça.

Ela usava uma calça jeans e uma jaqueta de moletom laranja. Tinha olheiras e seus cabelos estavam molhados. "Desculpa te incomodar", ela disse. "Eu tava entediada na estrada. E são quase quatro da manhã. Acho melhor falar com alguém."

"Sem problemas. Eu tava quase dormindo também."

"Bah, isso é foda, né. Tu fica na estrada sozinho e quando vê já tá louco pra dormir. Tem um monte de acidente na via hoje em dia por causa disso. As pessoas dormem na direção e aí já viu."

Eu não tinha pressa. Deixei ela continuar.

"Que bom o que tu tá fazendo, de parar e tomar um café. Nada que nem um café. E tu tá indo pra onde?"

"Camboriú."

"Saiu de Porto Alegre?"

"De Pelotas."

"Bah, mas é longuinha a viagem, então. Vai fazer o que lá? Praia?"

"É, praia."

"Mas e por que dirigindo nesse horário?"

"Prefiro. É mais calmo."

"Isso é. Trânsito na estrada é foda."

"E tu, pra onde tá indo", perguntei.

"Pra Porto Alegre. Moro em Florianópolis, mas descobri ontem que a minha mãe morreu. Tô indo pro enterro."

"Meus pêsames."

"Não, não tem problema. Obrigada. Eu nem falava tanto com a minha mãe."

Tirou os olhos da lata de refrigerante pra tentar captar minha reação.

"Como fui trabalhar em Floripa, a gente acabou perdendo o contato. E agora ela morreu. Foi um AVC, um negócio que eu nem sabia que ela podia ter. É estranho pensar, mas a mulher tava viva ontem de manhã."

Desviei o olhar pra outro ponto da loja.

"Vai ver a família em Camboriú", ela perguntou.

"Não, um amigo."

Ela me olhou nos olhos.

"É tipo um namorado?"

"Mais ou menos, por quê?"

"Não sei, tive a impressão."

"Entendi."

"Meu nome é Letícia."

Eu disse meu nome. Ela me sorriu de uma maneira quase infantil.

"Mas e por que mais ou menos?"
"Porque é complicado."
"Não deve ser tão complicado."
"Ah, moça, é que nós temos uma história."
"Letícia."
"Desculpa. Letícia."
"E tu tá apaixonado por ele?"
"Acho que sim."
"Como acha?"
"Sim, sim. Estou. Muito."
"E ele tá por ti?"
"Não. Não sei."
"É por isso que tu vai até lá? Perguntar pra ele?"
"Não, moça. Talvez. Ainda não sei bem o que vou falar."
"Quanto tu ama ele?"
"Muito. Amo ele muito mesmo."
"Tu acha que vocês são tipo almas gêmeas assim?"
"Não sei se acredito em almas gêmeas. Mas sim, ele é uma parte muito grande da minha vida."
"Quanto?"
"Acho que a maior parte. Acho que ele é a razão pela qual eu nasci, que a minha vida toda eu tava esperando pra conhecer ele."
"Fala isso pra ele."

"Oi?"

"Diz isso que tu me disse. Que ele é o amor da tua vida."

"Não sei, moça. Não é bem assim."

"Letícia."

"Letícia."

"Não espera. Fala pra ele logo que chegar. Diz isso e não espera um segundo pra dizer."

E ficou em silêncio por alguns segundos.

"Tudo bem", eu disse. "Vou falar."

Ela sorriu.

"E o que mais tu vai falar pra ele?"

"Não sei, Letícia. Só decidi que precisava ir atrás dele."

"Pois então pensa no que falar. Tem que ter mais coisa, mais conteúdo. Se tu quer que a pessoa largue a vida pra ficar contigo, tem que convencer."

"Vou pensar no caminho."

"Não, pensa agora."

"Acho que vou falar que eu conheci ele não sei se por acaso ou destino ou sorte, mas que foi o suficiente pra minha vida ter sido boa."

"E o que mais?"

"Não sei."

"E o que mais?"

"Que eu quero que ele entre na minha vida de verdade agora. Que não faz mais sentido a gente não estar juntos. Que não aguento mais isso de ele dizer que não sabe se a gente vai dar certo porque não faz sentido e eu sei que vai."

Ela aproximou os olhos dos meus.

"Não esquece."

"Não vou esquecer."

"Fala mesmo, tá?"

"Vou falar, sim", eu disse. E falei.

Agradecimentos

Tem vezes que a vida é inverossímil demais. Meus agradecimentos são para quem viu as coisas tomarem forma desde o começo: Ada Herz, Aryanne Rocha, Bruna Brönstrup, Bruno Ronchi, Bruno Gastal, Catharina Becker, Débora Sander, Gabriel Nonino, Gabriela Beck, Gabriela Varela, Guilherme Ceitlin, Iasmini Nardi, João Otávio Cadore, Ricardo Pechansky, Rodrigo Gruner, Tomás Lacerda, Victor Abreu, Vinícius Blank e Vitória Rodriguez. E principalmente para quem ajudou as coisas a melhorarem: Daniela Altmeyer, João Pedro Fernandes e Rafaela Pechansky. Agradeço também a Davidson Soares, o Barulhista, por me emprestar o nome de um dos contos; ao incrível Pedro Gonzaga pelas ferramentas do ofício; e a minha mãe, minha vó, minha dinda e minhas irmãs, mulheres sem as quais eu não seria.

Este livro foi composto na tipografia Minion Pro,
em corpo 12/17, e impresso em papel off-white
no Sistema Digital Instant Duplex da Divisão
Gráfica da Distribuidora Record.